유정과 놀기

소금북 소설선 · 04

유정과 놀기

장희자
손바닥 소설집

소금북
sogeumbook

삽화 : 장희자

▌장희자 약력

• 《수필문학》으로 등단.
• 저서로 〈초록마을〉〈정은 깊어 가는데〉〈머리로 밥 먹기〉〈닮고 싶은 얼굴〉이 있음.
• 소설집으로 〈유정과 놀기〉가 있음.
• 한국문인협회, 수필문학추천작가회, 한국수필문학작가회, 한올문학회, 춘천문인협회 회원.
• 청계문학 상임이사, 강원문인협회 이사, 강원수필문학회 부회장.
• 경북일보 문학대축전 입상, 춘천문학상, 강원수필문학상, 춘천 시민상 수상.

• 연락처 : 010-8969-4673
• 이메일 : semosi04@hanmail.net

　김유정 문학관을 들어서면 김유정 단편 모음집 '동백꽃'
이 맨 앞에 자리 잡고 있습니다. 누렇게 바랜 채, 책꽂이에
잠자고 있어 김유정문학촌장님께 여쭈었다니 전시실에 없
다. 하셔서, 많은 사람에게 보여드리고 싶어 김유정 문학촌
에 기증하였습니다.

　오래된 책은 신문과 함께 버렸는데 '동백꽃'을 30년 넘
도록 가지고 있었던 것을 보면 김유정과 인연이 깊었는가
봅니다.

　김유정 문학촌에서 개설한 문화대학에서 소설작법 강의
를 들으며 숙제를 하는 동안, 이야기를 꾸미는 재미에 시
간 가는 줄 모르고 푹 빠져버렸습니다. 지도해주신 전상국
교수님 칭찬 한마디에 날개를 달았습니다.

　눈이 아프고 허리가 아픈 줄도 모르고 김유정 작품에 빠
지면 작품 하나하나의 장면이 또렷이 떠오릅니다.

　안타까운 마음에 김유정 작품을 다시 읽는 효과를 기대
하며 굵직한 뼈대만 조금 남겨놓고 김유정 작품과 같은 제
목으로 다음 장면을 이어갔습니다. 작품 한편이 끝날 때마
다 내면에 차오르는 충만감은 이루 말할 수 없었습니다.

세상이 너무 거칠고 삭막해 긍정적이며 사람의 도리를 하는 가슴이 따뜻한 이야기로 마무리하였습니다.

김유정은 문학적 재능을 다 펴지 못하고 작품 34편을 남기고 29세에 생을 마감해 아쉽습니다. 김유정이 지금 같은 세상에 태어났다면 주옥같은 작품을 얼마나 많이 남겼을까요.?

소녀 때는 동화를 쓰고 싶었습니다. 공부한 것이 수필이라 수필집을 네 권 냈지만, 가끔 동화나 단편소설을 쓰고 싶은 욕심이 꿈틀대고 있었습니다.

한 우물을 파야 한다는 생각과 새로운 것을 시작하기에는 나이가 많다는 생각이 들어 망설였지만, 나중에 후회할 것 같아 용기를 냈습니다.

작품에 빠져들수록 다양한 내용이 떠오릅니다. 작품집을 두 번 세 번, 계속 이어가려고 합니다. 첫 단편소설 작품이니만큼 부족한 점이 많지만, 다음에는 부끄럽지 않은 작품집을 완성하여 독자들의 가슴에 오래 남도록 노력하겠습니다.

고맙습니다.

| 차례 |

| 책 머리에 |

제1부

제2부

제3부

▌별첨 : 유정 들여다보기

삽화 : 장희자

아내

"앞에 계신 출연자분이 모두 잘했다고 생각하시면 박수!"
"우수상에 이어 최우수상을 발표하겠습니다."
"상을 주신 분은 춘천 시장님이십니다."
"전국노래자랑 최우수상에~ 방아타령을 부르신 김순애 님."
"경기민요 방아타령을 맛깔나게 잘 부르셨다는 심사위원님들의 평이 있습니다."
"와~~ 짝! 짝! 짝!"

'얼씨구절씨구 자진 방아로 돌려라.'
'에헤이오~ 에헤이여라~'
'한번 굴러 앞이 솟고 두 번 굴러 뒤가 솟아 허공 중천 높이 뜨니'

무대 밑에서 에헤이오~ ~ 목청 돋워 후렴을 부르는 한 무리의 청중이 덩실덩실 춤을 춘다. 무대 밑에는 태극기를 몸에 두른 사람, 모자에 꽃을 가득 꽂은 사람, 색동저고리를 입은 사람 등 매주 전국노래자랑을 따라다니는 한 무리의 관중이 어깨를 들썩이며 춤을 춘다.

번쩍이는 메달을 목에 걸고 마이크를 잡았는데

"그 인물에 그 노래 실력으로 전국노래자랑에 나간다면 개도 소도 다 나가겠다. 허파에 잔뜩 든 바람 빼고 노래 연습이나 제대로 해. 요즘 노래방 도우미는 가수 뺨친다는 것 몰라?"

"꺾을 때는 꺾고 콧소리도 넣어야 들을 맛이 있지."

자배기 깨지는 남편의 소리가 귀를 스쳐 목이 멨다.

춘천에서 전국노래자랑 예심이 열린다는 소식을 듣고 가슴이 뛰었다. 인기가수 중에는 전국노래자랑 출신이 여러 명 있다. 최우수상은 상금이 150만 원이고, 년 말 결선 대회에 참가 자격이 주어지며, 결선에서 수상하거나 작곡가의 눈에 띄면 가수로 데뷔하는 길이 열린다.

예심에 참가하기 위해 아침도 제대로 못 먹고 왔는데 점심때가 지나고 있다. 끝이 보이지 않는 예심 줄에 서서 제발 '땡' 소리가 나지 않게 해달라고 얼마나 빌었던가. 이제 막 한 소절을 불러 목이 풀리려 할 때 '딩~댕 동~ 동~' 합격을 알리는 실로폰이 울렸지만, 다음 사람이 나오는 것을 보고서야 정신을 차릴 수 있었다.

하루건너 본심이 열리는 의암공원 야외무대는 이미 만원이다.

버스가 하루에 세 번 다니는 시골이라 총연습 시간을 맞추려 집을 일찍 나섰다. 아침 한술 뜨고 나와서 총연습을 하며 반나절 넘게 기다린 시간이 아깝기도 하고, 내 노래 실력을 검증받고 싶은 욕심이 들기도 했다.

관람객의 함성을 안고 무대에 오르는 사람마다 톡톡 튀는 의상에 분장까지 하였고, 사진을 찍으려는 가족의 자리다툼과 응원의 현수막이 출렁거리고 있다. 애써 외면하려 하여도 저절로 눈길이 간다. 아무리 녹화라고는 하지만 실전이 아닌가! 제비뽑기했을 때 중간쯤 나왔어도 앞사람을 보고 배우거나 긴장이 좀 풀렸을 텐데. 2번으로 뽑혔으니 신은 내 편이 아니란 생각이 들어 포기하고 싶었다.

남편은 여러 날 가르쳐도 매끄럽게 넘어가는 맛이 없다고 핀잔하고, 목구멍에서 질그릇 물러앉는 소리가 난다고 발로 차고, 가락이 딱딱 맞지 않는다며 이마빼기를 쿡 찔러서 뒤로 벌렁 넘어진 밤이 어디 한두 번인가.

"낯짝이 그 모양이면 소리를 잘하던가 눈치라도 빨라야지."

남편 핍박도 이젠 이골이 났다. 흥얼거리는 소리를 듣는 사람마다 타고난 재주가 아까우니 전국노래자랑에 나가보라 하지 않는가! 깻단을 두드리며 이팔청춘을, 밥물이 넘칠 때까지 부지깽이로 솥뚜껑을 톡톡 두드리며 성주풀이를 불렀다. 방아타령을 부를 때는 흥도 났다.

득음은 폭포 밑에서 목에 피가 나도록 노래를 불러 물소리가 들리지 않고 내 소리만 들리도록 연습하고, 성대가 갈라져 피를 토하고 아물기를 세 번쯤 하면, 굳은살이 앉는다. 타고난 성음을 버리고 득음을 하려면 수많은 날, 육신의 껍질을 벗고 새로운 정신세계에 닿는 생사의 고통을 이겨내야 한다. 또랑광대로 머물 수 없다는 신념으로 피를 토하도록 노래를 불렀다. 탁하면서도 맑고 거칠지만 깊고 부드러운 맛이 나는, 곰삭은 목소리를 얻기 위해 식초를 물에 타서 마시고, 목이 갈라져 피를 토하고 뱃가죽이 등에 붙어 숨이 막혀도 소리를 질러댔다. 목소리가 좋아야 소리가 산다.

하늘이 주신 마지막 기회인데 무대에 오르지도 못하고 포기할 수는 없다. 내가 일등을 한다면 뒤도 돌아보지 않고 서울로 가리라. 허기진 배가 등에 붙어 어질어질하고 천지가 빙빙 돌아도 이를 악물었다. 건널 수 없는 강이라면 내 힘으로 돌을 넣어서라도 기어이 딛고 건너리라. 내가 사다리를 올라가야 우리 아들이 더 넓은 세상 구경을 하지 않겠나.

뭉태네 오이밭을 지나며 오이 한 개를 슬쩍 따서 치마폭에 감추어 왔다. 남편이 오기 전에 쌀뜨물을 받아 세수하고 오이를 납작납작하게 썰어 꼭꼭 눌러가며 얼굴에 붙였다.

일찍 자야 머리가 맑아질 것 같아 일찍 자리에 누웠는데, 잠을 청할수록 말똥말똥해 뒤척이다 첫닭이 울 때쯤 설 잠이 들었나 보다. 가사가 생각나지 않아 입도 떼지 못하고 쩔쩔매는데 관중 속 멀리 엄마 얼굴이 보여 엄마를 부르다 깜짝 놀라 깼다. 나쁜 꿈을 꾸고 나니 목이 마르고 전신에 기운이 쏙 빠졌다.

'새벽의 꿈은 개꿈이고, 꿈은 반대라 했지!'

마을 사람들은 저마다 농사일이 바빠 허덕이니 노래자랑이 열린다 해도 나를 알아보는 사람이 없을 것이다. 얼마간의 출연료도 준다니 손해 볼 일도 없지 않은가.

사흘 동안 설거지를 해주기로 하고 무대에 올라갈 때 잠깐 바꿔 신을 구두를 계숙이한테 빌려 나뭇가리 속에 감추어 두었다가 신고 나왔다. 무대에서 넘어지는 한이 있어도 최선을 다한 것으로 만족하자 최면을 걸었다. '땡' 소리만 안 나면 된다고 배짱을 부리니 몸이 먼저 리듬을 탔고 목이 술술 풀렸다.

내가 김순애지!

"오늘의 최우수상은 방아타령을 부르신 김순애 님."

옆 사람이 떠밀지 않았다면 이름을 불러도 우두커니 서 있을 뻔했다.

"엄마 내가 일등을 했어요. "

"자그마치 상금이 150만 원이래요."

"목소리 하나는 꼭 엄마를 닮았잖아요. "

"엄마가 요즘 세상에 태어나셨다면 이미자만큼 인기를 누리셨을 텐데…."

눈물이 볼을 타고 내렸다.

신은 참 공평하다. 얼굴은 개성을 살리거나 성형수술로 다듬을 수 있지만, 목소리야 돈을 주고도 살 수 없지 않은가! 이마가 홀딱 까지고, 덧니까지. 예쁜 구석이 하나도 없지만, 신은 천상의 목소리를 주셨다. 진흙에 묻힌 진주도 정성껏 갈고 닦으면 맑고 아름답다는 진리를 증명해주었다.

사람의 가는 길이 기계로 뽑은 듯 똑같을 수는 없다. 노력에 따라 자신의 밥그릇 크기만큼 남는다. 공사판에 한 달에 절반은 쉬고 그나마도 겨울은 구들 지고 뒹구는 남편도 내 덕에 유명 인사가 되었으니 기가 꺾이겠지.

소문은 나보다 먼저 도착하였다. 마을 입구에는 축하 현수막이 나부끼고 읍내의 노래방 주인은 전국 결선에 나갈 때까지 아무 때나 자신의 노래방에 와서 연습하란다. 미장원과 백화점, 숙녀복 코너에서도 후원하겠다 하고, 마을 부녀회원들은 결선이 농한기인 12월에 있으니, 서울 구경도 할 겸 응원가겠다고 벌써 응원팀을 꾸렸다.

남편도 싱글벙글 진형이 손을 잡고 뛰어와 매니저를 자처한다. 결선을 앞두고 선곡을 위해 두 명뿐인 관중 앞에서 이 곡 저 곡을 불러본다. 아들이 엄지를 척 내민다. 머리끄덩이를 잡아 조리돌림을 하고 발길질을 일삼던 호랑이 남편이 토끼가 되었다. 결선은 전국에서 모인 프로급이 출연하기 때문에 목소리에 맞는 선곡이 중요하단다. 남편은 연습할 때마다 발끝부터 머리끝까지 자연스럽게 관중을 휘어잡아야 높은 점수를 받을 수 있다며 이렇게 해라, 저렇게 해라, 훈수를 둔다.

방송국에서 인터뷰 요청이 오고, '인간극장' 프로를 내보내겠다는 섭외가 오니 마을 사람들은 저절로 마을 홍보가 된다며 법석을 떤다. 오이 따다 잠시 쉬는 틈에도 노래 한 곡 뽑아라. 경로잔치가 벌어져도 노래를 한 곡해라. 하니 눈코 뜰 새 없이 바쁘다.

지역 문화축제에 초청장을 받았다. 목도리를 감아 목을 보호하고 식초 탄 달걀로 목을 부드럽게 달랜 후 노래 연습을 한다. 노래도 잘해야겠지만, 관객을 휘어잡는 재능이 있어야 한단다.

다양한 청중을 위해 앙코르가 나오면 민요만 하지 말고 신나는 댄스곡도 할 줄 알아야 한다기에 여러 장르를 넘나들며 몸동작을 익히며 노래 연습을 한다. 남편은 푹 자야 얼굴이 푸석하지 않고 목소리가 잘 나오니 아무것도 신경 쓰지 말라며 밥을 하고 아들을 씻긴다.

콜택시를 탄 우리 세 식구가 행사장에 도착하니 구름같이 모여 있던 관중의 함성이 하늘을 찌른다.

파란 하늘에는 제트기 한 대가 흰 꼬리를 그리며 응원한다.

앙코르가 세 번쯤 나왔으면.

총각과 맹꽁이

본디 밭이 아니었다. 여름이면 농군들이 느티나무 아래서 쉬던 정자 터다. 그늘이 져 곡식을 심으면 섶만 무성하고 소출이 적은 땅인데 지주가 무리로 갈아 도지를 놓아먹는다.

덕만은 지난해 그 땅에 콩을 심었으나 소출이 적어 도지로 콩 닷 말을 주고 나니 품삯도 못 건져 올해는 키가 큰 조로 바꾸어 심었다. 조 농사는 수확 때를 제외하면 모든 일이 혹독한 더위와 정면으로 싸워야 한다. 솎아내기와 김매기를 두서너 번 해야 하니 힘들고, 이삭이 고개를 숙일 때부터 새들이 몰려드니 새의 피해가 적어야 제대로 알곡을 수확할 수 있다.

동네 총각들이 땀을 비 오듯 쏟으며 밭골을 타고 앉아 애벌김을 매고 있다. 쏟아지는 햇볕과 달아오른 지열, 호미 끝에 딸려 오는 먼지가 숨통을 막는다.

느티나무 그늘에 앉아 숨을 돌리는 참에 들병이가 왔다는 뭉태의 말에 나이 찬 총각들은 귀가 번쩍 뛰었다. 남편 잃고 홧김에 나섰다는 들병이는 스물두 살, 품에 넣으면 쏙 안길만큼 아담한 체격에 뽀얀 얼굴, 볼기짝이 두두룩한 것이 한창 피어나는 함박꽃이란다.

저녁에 들병이를 부르자 약속을 하니 호미가 가볍고 오뉴월 땡볕도 견딜만하다.

덕만이는 방 한 칸과 부엌 한 칸으로 두 칸 방에서 어머니가 방아품을 팔아 밥 먹는 처지니 장가들기는 틀렸다. 저녁 바람이 선들거리는 초저녁에 덕만의 집에는 큰일을 치르러 가듯 부산을 떨며 젊은이들이 모였다.

낮에는 등허리를 지지듯 뜨거워도 계절은 속일 수 없는지 해가 기우니 선들바람이 불고 버들 사이로 달빛이 해맑다. 맹꽁이는 암수놈이 의좋게 '맹~꽁, 맹꽁' 사랑 노래를 주고받는다.

술값 추렴으로 의견이 분분하다. 소주 세 병을 가지고 오라고 들병이를 부르는 게 돈이 덜 든다며 뭉태가 계집을 불러왔다. 계집이 오자 좁은 봉당에 희미한 등잔불을 켜고 상하나 펴고 둘러 앉았다.

덕만은 오늘 밤 술과 닭을 한 마리 낼 테니 장가를 들여달라고 은근히 뭉태를 조른다.

"기다려, 내 말이면 계집도 듣게 되어 있으니까."

"장가만 들 수 있다면 따로 크게 한턱 내리다."

고개를 끄덕이던 뭉태가 계집의 귀에 입을 대고 속삭이니 계집은 고개를 끄덕이고 덕만의 얼굴은 환하게 피어난다. 출중한 계집을 데리고 술장사를 하면 끼니 걱정은 면할 것이요. 몇 년 지나면 거뜬히 부림소 한 마리는 장만하지 않겠나. 무릎이 닳아 절뚝거리는 어머니도 남의 집 품팔이 다니지 않고 손주 돌보며 편히 지낼 수 있을 거란 생각을 하니 힘이 불끈불끈 솟는다.

소주잔이 몇 순배 돌자 잡소리로 시끌벅적하다. 밤이 깊어지자 취한 사내들의 눈은 계집을 떠나지 못한다. 덕만에게 철석같이 장가들여 주마. 할 때는 언제고 얼근하게 취한 뭉태는

"소리 좀 해봐라."
"속곳 밑 인심 좀 써라."

별별 소리를 다 하며 독단으로 계집의 어깨를 움켜쥐고 주정을 한다. 술에 취하고 흥에 취해 날이 새는 줄 모른다. 소주병은 이미 바닥이 난지 한 참 지났고 첫닭이 울자 안면을 싹 바꾼 계집이

"가게, 술값 내슈." 덕만이 앞에 턱을 치켜드니 덕만은 계집을 쏘아보며

"처음 얘기하고는 다르잖아."

"나하고 안 살면 술값 못 내겠시유." 시위한다.

계집은 술값 안 내는 경우를 따지고 덕만은 막무가내로 심통을 부려 동네가 시끄러워지자 뭉태는 술값은 내가 주마며 계집을 끌고 나가버린다. 덕만은 잿간 옆의 큰 돌을 집어 들고 눈을 감은 채, 숨 고르기를 하다 골창으로 던져버렸다. 놀란 맹꽁이가 '맹, 맹꽁, 맹꽁' 부산을 떤다.

꽃놀이도 손에 든 게 없으니 통하지 않는다. 계집은 뭉태의 멱살을 잡고 득달같이 달려들어 술값을 재촉하니 빠져나갈 뾰족한 방법이 없다. 술값 받는데 이골이 난 들병이가 아닌가! 뭉태의 집으로 쳐들어갔다. 봉당에서 맷방석을 펴고 옥수수를 타게 던 아내가 수건을 벗어 먼지를 털며 일어선다.

"남들은 땀 흘리며 피살이 하고 김매는데 밤새 술 처먹고 계집까지 꿰차고 들어와."

"아비란 인간이 새끼 굶는 것은 눈에 뵈지 않고 술이 목구멍으로 술술 넘어가든."

"어디라고 내 집에 발을 들여놔. 술값은 내 알 봐 모르니 내 눈앞에서 썩 꺼져버려."

남편이 휘두르는 지게 작대기를 맞아 쓰러지면서도 고래고래 소리를 지르며 날뛰더니 입에 게거품을 흘리며 쓰러졌다. 일터로 나가던 사람들이 호미를 든 채 모여들자 들병이는 눈에 띄는 함지를 들고 줄행랑을 쳤다.

　돈 벌기 제일 쉬운 게 물장사란 말을 듣고, 가진 것 없고 딸린 식구 없으니 모르는 데 가면 쉬운 줄 알고 들병이로 나섰으나 세상은 맘먹은 대로 돌아가지 않는다. 비빌 언덕 없고, 서방 없으니 동네 아낙네들이 가자미 눈이다.

　밤새 한 행동이 괘씸하고 본전이라도 찾으려는 생각에 눈에 띄는 함지를 들고 왔지만 나 같은 년에게 이게 무슨 소용이냐! 느티나무 그늘에 앉아 있으니 한숨만 나온다. 코찡찡이 팔푼이라도 남편이 있고 자식 있으면 업신여김은 면하지 않겠는가!

　양담배를 피워 물고 우악스럽게 입을 맞추던 얼굴이 까만 사내, 희떠운 소리만 하던 뭉태, 더벅머리에 쿨룩거리던 사내, 쉴새 없이 입을 놀리던 눈꼬리가 위로 올라간 사내. 열 재주 갖은 사람이 밥 빌어먹는다는데 재주 자랑하는 놈, 봉당 끝에 구부리고 앉아 담배만 피우던 덕만이, 한 사람씩 더듬어 본다.

　배를 곯아가며 남의 품을 팔아도 자식이 있고 서방이 있다고 으쓱대며 마주칠 때마다 입을 비죽 내밀거나 도끼 눈으로 째려보는 아낙네들 보란 듯, 이 동네에 둥지를 틀고 돈을 모으리라. 지금은 농사철이라 들로 나가지만 추수가 끝나면 꽃이 함빡 피었는데 벌이 꾀지 않겠나!

해가 기울기를 기다려 분단장하고 기다려 보지만, 헛치는 날이 많고 그나마도 가을걷이가 끝나면 받는 외상술이다. 주막에서 겨우 입에 풀칠하며 동네 돌아가는 소문에 귀를 기울이며 단풍이 지고 서리가 내리기만 기다린다.

얼굴이 까만 사내는 손버릇이 좋지 않아 감옥을 들락거린다는 소문이고, 수염이 덥수룩한 사내는 시집 못 간 누이와 여동생이 있고, 외딴곳에 사는 총각은 폐병쟁인지 비쩍 말라 콜록거리고, 말과 행동이 다르고, 입이 싸서 가는 곳마다 분란을 일으키고, 겉만 빤들 해 실속이 없다.

재산이야 있다가도 없어지고 노력한 만큼 채워지는 것이니, 가진 것이 없어도 내외간에 마음 맞는 것이 큰 복이다. 이 사람 저 사람을 마음에 담았다가 지우기를 반복하며 한집에서 오손도손 자식 키우며 같이 늙어갈 심성 착한 사람, 부지런한 사람을 점쳐 본다.

'사람의 본성은 크게 바뀌지 않아 술에 취하면 그 밑바닥에 숨어있던 본성이 나온다.' 하는 말이 떠올라 동지가 가까운 날, 술은 얼마든지 낼 테니 화투를 치며 하룻밤 놀아보자 통문을 보냈다.

방을 뜨끈하게 덥혀놓고 기다리니 마을 사람들이 꾸역꾸역 모여든다. 몇 패로 나누어 화투판이 벌어지고 동전이 오간다. 술값 걱정 안 하고 말리는 사람 없으니 술이 술술 잘도 넘어간다. 술이 거나하게 오르니 상스러운 말이 튀어나오고 눈속임했다 화투판이 엎어지고 싸움이 벌어진다.

술 몇 동이가 바닥나자 했던 말을 되뇌며 시비 붙는가 하면, 한쪽 구석에 쓰러져 코를 골고, 눈에 불을 켜고 판돈을 세고, 멱살잡이까지, 동전 몇 잎에 사람의 됨됨이가 보인다. 아는 것이 너무 많아도 힘들고, 쇠고집도 글렀고, 조금 모자란 듯해도 심성만 착하면 평탄하게 살겠다.

밤이 이슥하니 하나둘 제집을 찾아 돌아간다. 너구리 굴속 같은 연기 속에서 눈을 껌벅거리더니 모로 쓰러져 잠든 덕만이. 잠든 옆모습이 죽은 남편을 닮았다. 머리 쓰는 일은 내가 하고 힘쓰는 일은 덕만이가 하면 막혔던 일이 술술 풀리고 집안이 제대로 돌아가지 않겠나!

날이 훤해지자 부스스 일어난 덕만이는 머리를 긁적이며,

"죄송합니다. 저 때문에 불편하셨지요?"
"제가 실수를 하지는 않았는지요?"
"대충 치우는 중입니다."
"미끄러우니 날이 밝거든 가시지요."
"저는 저 방에서 잘 겁니다."

이부자리를 펴주고 나왔다.

아침 일찍 밥을 짓고 김칫국을 끓여 겸상을 보았다. 고개를 못 들고 슬슬 꽁무니를 빼는 사람을 붙잡아 밥상머리에 앉혔다.

"어머니와 두 분이 사신다고 들었습니다." 대답을 못 하고 머리만 긁적인다.

"저는 조실부모해서 남의집살이하다 이웃의 중매로 시집가서 삼 년이 지났으나 자식 하나 얻어보지 못하고 남편이 저세상으로 갔습니다."

"더 늦기 전에 자식을 두고 싶은데 쉽지 않네요."

"흠이 많은 여자지만 배필로 맞아 주실 수 있으신지요?" 덕만은 수저를 들지 못하고 눈만 껌벅이고 있다.

"이 마을에 들어온 셋째 날, 멍석에 앉아 날이 새도록 소주잔을 돌리던 모습이 잊히지 않네요. 개골창의 맹꽁이들이 맹하면 꽁하고. 맹꽁, 맹꽁 간드러지게 주고받고 있었지요."

"가진 것 없고 홀어머니에다 나이까지 찼는데 저 같은 놈을 뭘 보고…"

"저를 놀리는 것은 아니지요?"

"돈이야 둘이 벌면 금방 일어날 수 있어요."

"집에 어른이 계시니 든든하기도 하고요."

"저녁에 한턱내겠다 하고 술친구들 데리고 오셔요."

"정월달에 길일을 택해 국수를 주겠다 발표하지요."

문밖에는 동지 눈이 소복이 쌓이고 있다.

금 따는 콩밭

영식이는 밭고랑에 웅크리고 앉아 땀을 뻘뻘 흘리며 이번 태풍에 쓰러진 콩 포기를 일으켜 세우고 북을 주고 있다. 콩 꼬투리가 조롱조롱 달렸으니 앞으로 일기만 잘하면 풍족하게 거둘 것 같다.

"여보게 덥지 않은가, 좀 쉬었다 하게."

술이 거나하게 취한 수재가 지나가며 말을 붙인다. 수재의 말에 의하면 산 너머 금병산 큰골에는 광부 300명이 매일 금 칠십 량을 캐는 광산이 있는데 그 줄 맥이 이 콩밭으로 뻗어 나왔다는 것이다. 큰 줄은 본디 산을 끼고 도는 법. 필시 이쪽으로 버듬히 누웠으니 파보면 금맥을 찾을 수 있단다.

"우리에게 발복 없으란 법이 없지 않나."

"하루에 두 돈씩만 나와도 이만한 농토쯤 사는 일이야 식은 죽 먹기지?"

일 년 농사지어야 콩 몇 섬 얻어 도지 제하고, 씨앗 값, 품삯, 빚진 거 갚으면 남는 게 없다. 힘이야 들겠지만, 금을 캐면 도지를 올린다 해도 금 캐는 일이 낫다는 생각이 들어서 날이 새도록 손가락을 짚어가며 계산을 하고 또 한다.

생에 세 번쯤은 행운이 온다는데 가난하지만 정직하게 살았으니, 어쩌면 하늘이 주신 마지막 노다지인지 모르겠다는 생각이 든다.

"여보, 수재가 그러는데 큰골 광산 줄 맥이 우리 콩밭으로 지나간다는구면. 금맥만 찾으면 우리도 부자가 될 수 있대."

"일이 싫어 공술이나 얻어먹으며 떠도는 수재 말을 어떻게 믿어요."

"도지 제하고 품삯, 제하면 남는 게 없는데 매일 보리죽 먹으며 땅만 파고 살 수는 없잖아."

"내년이면 재영이도 학교를 보내야 하고."

"올해는 콩이 잘 달렸어요. 추석이 지났으니 며칠 더 있으면 거둬들일 텐데. 통통하게 익어가는 콩은 어쩌고요."

"산 쪽으로 바짝 붙여서 파 들어가면 밭을 조금 망친다 해도 금이 나오면, 장땡 아닌가?"

"당장 끼니 걱정을 해야 하는 처지니 추수가 끝난 후 시작해도 늦지 않아요."

"다 자란 콩을 버리면 하늘도 노하셔요."

"재수 없는 소리 작작 해!"

"여자가 왜 수염이 안 나는 줄 알아. 말이 많아서야…."

"내일 당장 일을 시작할 테니 그리 알아."

매일 허리띠 졸라매고 두더지처럼 땅만 팔 것이 아니라 기회를 꽉 잡아 보리라. 금맥을 찾으면 쓰러져가는 집을 반듯하게 세우고 쌀 한 가마니 척 들어 놓은 다음, 형님 가족을 모셔오고, 누님 네는 부림소 한 마리 사드려야지.

수재의 재촉에 이른 아침부터 밭에 나가 금을 캔다고 멀쩡한 밭에 구멍을 풍풍 뚫는다. 누런 감석을 파낼 생각에 허리 한 번 못 펴고 단단한 곳은 곡괭이를 휘둘러 찍어내고, 수재는 삽으로 흙을 퍼 담아 지게로 져서 옮기기를 반복한다. 들판에는 벼가 누렇게 익어가고 콩알이 데굴데굴 여물었지만, 금을 찾는다고 콩밭 하나를 거의 다 결딴냈으니 이제 와 손을 뗄 수도 없다.

"금병산 자락까지 파 들어가면 무슨 수가 나겠지."

수재 놈 풍치는 바람에 애꿎은 콩밭을 여기저기 파헤치며 눈을 씻고 봐도 금 조각은커녕 말똥 버럭 하나 보이지 않고 콩밭만 결딴났다. 오늘도 마름은

"이것들이 미쳤나, 콩밭에서 왼 금이 나온다고 이 지랄발광이 야!"

"당장 이 구덩이를 메어놓지 않으면 낼 징역 갈 줄 알게."

다 자란 콩이 삽 끝에서 으깨질 때는 여름내 땀 흘리며 키운 정이 있어 애틋하지만, 금만 터져 나오면 이까짓 콩쯤이야, 애써 외면하며 파낸 흙을 콩잎 위로 홱홱 던졌다. 열 길이 넘게 손에 굳은살이 박이도록 파 들어갔지만 뻘건 흙만 나온다.

콩 포기는 거의 다 흙더미에 깔려 버리고 군데군데 남은 놈들만 나풀댄다. 올 밭도지로 콩 두 섬 마련할 생각을 하니 차라리 수재 놈과 함께 흙더미에 묻혀 죽는 것이 났겠다는 생각이 든다.

어린 자식과 아내가 있으니 어떻게 해서라도 살 방도를 찾아야 한다. 번득 산신께 정성을 다해 치성드리면 금을 주실지 모른다는 생각이 들어, 쌀을 꾸어다 물에 담가 놓고 쌀이 불기를 기다렸다. 부정이 탈까 봐 입을 꼭 봉한 채 밤을 새워 쌀을 빻아 떡을 쪄서 아내가 들고 온 상에 백지를 깔고 떡시루와 술과 포를 진설해 놓고 정성을 다해

"저희를 살려주십시오."

"산신께서 돌봐주지 않으시면 저희는 꼼짝없이 굶어 죽을 수밖에 없습니다."

"욕심부리지 않고 착하게 살겠으니 저희를 불쌍히 여겨 은혜를

베풀어 주십시오."

"저희에게 금을 주신다면 평생 어려운 사람을 도우며 열심히 살겠습니다."

지극정성을 드렸으나 찾는 금은 도통 기별이 없다. 집에 와서도 골만 내고, 잠을 못 자며, 심지어 애가 울어도 내쫓아 버리라 하고, 별일 아닌데 빽빽 소리를 지르며 덤빈다.

살림이 넉넉지는 않아도 부지런하고 자상한 남편이었다. 나무를 하다가 주운 밤을 주머니에 넣고 와서 아궁이에 구워 아이와 아내에게 먹이고, 버섯을 따다가 소금을 발라 화롯불에 구워주던 사람인데 변해도 너무 많이 변했다.

종일 쉬지 않고 바위를 깨고 흙을 파내니 좀 힘들까? 하루 이틀도 아니고, 저러다 쓰러질까 겁난다. 짜증을 내다 말대답 몇 마디 하면 손에 잡히는 물건이 날아갈 때마다 호적을 가르자 하다가도 덥수룩한 수염에 광대뼈가 툭 튀어나오게 비쩍 마른 모습을 보면 가슴이 저릿저릿하여 참는다.

내 정성이 부족해 금이 나오지 않는 것 같아 내일부터는 장독 위에 정화수 떠 놓고 빌어야겠다. 보리방아를 찧어주고 보리쌀 두 되 들고 와 멀건 죽을 쑤어 아이와 넘기고 힘쓰는 남편에게는 보리밥을 지어드렸다. 양식이 떨어졌다 하면 쇳소리를 내며

"주변머리라고는, 집에서 뭐 해. 내일이라도 금이 나오면 갚을

텐데 어디서 꾸어오기라도 해야 할 것 아닌가." 소리를 지른다.

올해는 너덧 번 건들장마가 있었는데도 벼 이삭이 설렁설렁 어깨춤을 추며 황금색 파도를 일으킨다. 가을 일기가 좋아 가을 향취를 풍기며 농군들은 벼를 베며 기뻐하고 미쳐 손이 가지 않은 콩은 꼬투리를 튀어나와 둥글둥글한 콩알을 흙에 굴린다. 농군들은 기꺼운 낯으로 만나면 흥겨운 농담을 하지만, 남편은 애먼 콩밭을 망쳐놓고 논조차 건사를 못했으니 뭘 거둬들인단 말인가. 말문을 닫은 지 여러 날 되고, 앙상하게 드러난 등뼈를 보면 하늘이 원망스럽다.

함지에 점심을 담아서 이고 오니 남편은 흙더미에 주저앉아 애꿎은 담배만 뻑뻑 피우고 있다. 이때

"터졌다. 터졌어!." 눈을 휘둥그렇게 뜨고 수재가 굿 문을 뛰어나왔다.

"내가 뭐랬어."

"틀림없이 금맥이 이 콩밭으로 이어졌다 했잖아."

"한 포에 이십 원은 나올 거요."

영식은 한참 동안 입을 반쯤 벌린 채 수재의 얼굴만 멍하니 바라보고 있다.

"여보, 이리 와봐, 이, 누런 흙 속에 금이 들어있대."

눈물을 흘리는 아내의 손을 잡고 구덩이로 들어가 곱 색 줄에서 나왔다는 누르스름한 황토를 아내의 손에 들려준다.

황토를 품에 받아 안은 아내는 부정 탈까 봐 흐르는 눈물을 참으며 얼른

"오늘은 쉬고 힘을 얻어 내일 일찍부터 일을 시작하는 게 좋겠어요." 하며 돌아섰다.

내일 아침에 산신께 술을 한 잔 부어놓고 일을 시작해야 맘이 놓일 것 같다.

"서러움 중에 배고픈 설움이 가장 크다는데, 하늘이 우리를 버리지 않으시고 금맥을 주셨으니 큰 욕심 부리지 말고 어려운 사람을 도우며 착하게 삽시다."

"수재 덕에 금맥을 찾았으니 금을 캐면 지주 몫을 떼고 나머지는 수재와 반씩 나누어요."

"수재도 더 늦기 전에 장가가 가족을 거느리고 살아야지요."

남편은 매일 죽 한 그릇 먹고 훤할 때 밭에 나가 구덩이를 파도 금점이 보이지 않으니 몸은 고되고 맘고생 또한 얼마나 심했던가! 소꼬리 하나 푹 고아 아들과 남편 몸보신부터 해야겠다.

하루에 두 돈만 나와도 두어 달 지나면 꾼 돈과 장리쌀 갚고 밭도지 낼 텐데. 맘 편히 식구들 끼니 걱정만 면해도 좋겠다.

금을 캐면 우선 꾼 돈부터 가리고 나서, 쌀 한 가마니 들여놓고, 아내의 누더기 치마와 적삼을 새 옷으로 갈아입혀, 떡 한 동구리와 술 한 병 마련해 아이 손 잡고 처가에 가리라. 말은 안 해도 시집온 후 부모님 제사에 한 번도 참석을 못 했으니 얼마나 한이 되겠나! 고생 끝에 낙이 온다고 저승에 계신 장모님도 활짝 웃으시겠다.

밤새워 뒤척이다 닭 우는 소리에 일어나 목욕을 하고 깨끗한 옷으로 갈아입은 후 간단하게 산신께 치성드릴 제사상을 마련해 콩밭으로 향한다. 콩밭으로 향한 영식의 눈에는 수재가 보이지 않고 곡괭이 소리도 들리지 않는다. 구석에 놓여있던 수재의 허름한 보따리도 보이지 않고, 가슴이 철렁 내려앉아 마을로 내달렸다. 막 기지개를 켜며 대문을 여는 주모를 붙잡고 수재의 행방을 물으니

"첫닭이 울 때쯤 소피를 보러 나오는데 조그만 보따리를 끼고 이 앞으로 성큼성큼 걸어갑디다."
"내가 무엇에 씌었나. 집도 없이 떠도는 따라지 같은 놈을 믿고 일을 벌이다니."

마름이 구덩이를 메워 놓지 않으면 징역 보낸다고 하지 않았나. 구덩이가 메워지기 전에 힘이 빠져 죽을 것이요. 꾸어다 먹은 양식과 도지로 콩 두 섬을 마련할 생각을 하니 세상을 하직하는

길밖에 없다.

내 손으로 내 무덤을 팠으니 구덩이 깊숙이 들어가 생을 마감하는 것이 내가 갈 길이란 생각이 들어 산과 가까운 구덩이로 들어가 누웠다.

산신께 부어놓기 위해 마련한 술이 내 제사상에 오르게 되니, 이것도 타고난 팔자요. 만 가을에 보리죽으로 끼니를 때우다 죽는 것이 내 팔자란 말인가! 산신께 치성을 드리려 몸을 정갈하게 씻고 의복도 깨끗하게 갈아입었으니 그나마 조금은 위안이 된다.

아내는 복을 못 타고났는지 조실부모하고 나 같은 놈을 만나 헐벗고 굶주리며 지지리 고생만 한다. 내가 없어져야 재취 자리라도 양식 걱정 안 하는 곳으로 팔자를 고치지 않겠나. 애가 달렸다 해도 인물이 반반하고 손끝이 아무져 굶는 일은 면할 거다.

"죄 많은 이 자식 부모님 앞에 가겠으니 받아주십시오."

아내가 멀건 죽일망정 이고 오기 전에 일을 끝내야 한다. 번뜩, 아내의 발이 닿기 전에 굴 입구를 막아야 한다는 생각이 들어서 젖 먹은 힘까지 짜내어 곡괭이를 휘두른다. 천장에서 발밑으로 돌덩이 하나가 "툭" 떨어지더니 흙덩이가 와르르 무너져 내리고 눈앞이 훤하게 구멍이 뚫렸다. 죽음을 자청했건만 복 없는 놈은 죽는 일도 맘대로 되지 않는가 보다. 한참 만에 정신을 가다듬고 주위를 살피니 발치에서 누런빛이 보인다. 제발 금 조각 하나라도 나왔으면! 열 손가락으로 조심조심 파내니 손바닥 크기만 한 금불상이 눈에 들어오는 게 아닌가. 호흡을 가다듬고 계속 파 들어가자 촛대도 있다.

"신령님, 고맙습니다."

사방으로 돌아가면서 절부터 하고 달려가 굴 입구에 떨어졌던 돌덩이를 들어낸다.

"금 봤다." 외쳐보지만 소리는 안으로 잦아들고 목이 터져버릴 풍선처럼 부풀어 오르며 뜨거운 눈물만 콸콸 쏟아진다.

"수재야, 금 나왔어. 꼭 돌아와야 해."
"내가 장가들여 줄게."

산골

    아지랑이가 어지럼증을 일으키는 날이다. 도라지 캐고, 나물을 뜯는다며 다래끼를 차고 산을 올랐다. 이쁜이는 가쁜 숨을 몰아 쉬며 늙은 참나무 허리에 등을 기댄 채 먼 기차역을 하염없이 바라본다. 가시덤불, 다래 덩굴이 엉키어 지붕이 되고, 나뭇잎 사이로 반짝이는 햇살이 눈 부신 오월. 솔포기에서 장끼란 놈이 "푸드덕" 날아올라 키득거리며 등성이 너머로 날아가고, 다람쥐란 놈은 나무에서 쪼르르 내려와 눈을 동그랗게 뜨고 바위틈을 들랑거린다.

    "구~ 구우, 꾹."
    "서울 구경시켜 주마."
    "구구, 구구, 국."

"눈, 감고 손 내밀어 봐!"

멧비둘기마저 염장을 지른다.

"뿌~오."
"뽕~."

공중에 검은 연기를 남긴 채 가물가물 사라지는 기차를 바라
보고 있으니 눈물이 하염없이 볼을 타고 내린다.

도련님이 눈을 찡긋하면 얼른 뒤꼍 굴뚝 뒤로 돌아갔다. 양과
자를 살며시 손에 쥐여주셔서 치마폭에 감춰왔다.
마님이 도라지무침을 찾으실 때마다 밥숟가락을 놓기 무섭게
산을 오른다.

"이쁜아, 나하고 멀리 도망가지 않으련?"
"서울에 가면 일 안 하고 편히 살 수 있어, 돈만 주면 물을 길
어다 물독에 가득 채워주고 빨래도 해 준다."
"서울서는 여자들도 학교에 가서 공부하고 남자와 같이 월급
받는 직업을 가질 수 있단다."
"서울 가자. 공부시켜 줄게."

하시던 도련님이 아닌가! 서울로 공부하러 떠나실 때, 같이 가

겠다고 붙잡지 못하고 울타리 뒤에 숨어 눈물만 흘리던 때를 생각하면 가슴이 미어진다.

"애 울지 마라. 설마 내가 가면 아주 가니?"
"한 달 후에 꼭 데려가마."
"내가 몸은 서울에 있어도 마음은 항상 이쁜이와 같이 있는 거야."
"마님 비위 잘 맞추고 있거라."
"그럼, 오고말고. 예쁜 널 두고 어찌 안 오겠니?"

나지막한 도련님 목소리가 골바람을 타고 들려온다. 도련님이 주신 옷고름을 품속에서 꺼내 드니 주체할 수 없이 눈물이 쏟아져 치마폭에 얼굴을 묻었다.

그날도 봄을 타는 마님이 "이쁜아, 봄을 타는지 입맛이 없다. 산에 가서 나물 좀 뜯어오너라." 하셨다.

얼마나 반가웠는지 아침밥을 몇 술 뜨고 다래끼를 동무 삼아 집을 나섰다. 산에 오르면 살랑대는 철쭉꽃, 새순의 풋풋한 냄새, 새들의 지저귐이 흥겹다. 노란 봄빛이 녹아든 곰취, 뽀얀 손을 내민 고사리, 상큼한 두릅이 멀리까지 봄 냄새를 풍기고 있다.
잡목 가지를 헤집고 칠칠한, 나물을 뚝뚝 끊는 재미는 얼마나 좋은가. 바구니 가득한 나물을 보고 흐뭇해하실 마님 얼굴을 떠

올리며 험한 산을 기어오르고 있었다. 나물을 찾아 땅만 보고 산을 오르고 내리다 도련님과 마주칠 줄이야! 마님이

"너, 도련님하고 같이 다니면 매 맞는다."

하셨는데 지팡이를 꺾으러 왔다고 둘러대는 도련님을 벌컥 떠밀어 버리지 못하고 앙큼한 생각까지 한 것이 내 발등을 찍을 줄이야.

눈물이 그렁그렁한 엄마가 '후~ 후유' 한숨을 토해내며,

"딸은 엄마 팔자를 닮는다더니…."

"나도 처녀 때는 너만큼 이뻤다. 얼마나 출중하던지 며느리 삼겠다는 사람이 있었지만 나이 든 나리와 배가 맞았지."

"소문은 몇 달 못 가서 노마님 귀에 들어갔고 화가 난 노마님은 혼절할 만큼 매를 드셨다."

"예로부터 서울 가서 공부하신 지체 높으신 상전과 좋은 못사는 법이다."

"석숭이 네가 벌써 말을 건네는 중이니 도련님을 향한 맘일랑은 두지 말고 몸을 잘 간수하고 있거라."

"도련님이, 요즘은 세상이 많이 바뀌어서 서울에선 양반과 상놈이 차별 없고, 부모님이 정해준 대로 결혼을 하는 것이 아니라, 남자와 여자가 서로 마음이 통하면 지체를 가리지 않고 신랑 각시가 되는 좋은 세상이다." 하셨다.

"공부를 마치면 좋은 자리에 취직할 테니 조금만 기다려라."
하시지 않았던가.

나도 서울 가서 신식공부하고 마님의 시집살이도 참으며 도련
님과 꼭 살아보고 싶다. 내가 아씨가 되면 엄마는 마님이 되는데
왜 도와주지 못하고 훼방을 놓는지 야속하기만 하다.

도련님의 배필이 되면 마님이 아닌 평생 시어머니로 섬겨야 하
니 차근차근 점수를 따려고 노력하는 중이다. 누구보다 먼저 일
어나 찬 간에 갔고, 마님의 기침 소리가 들리면 부르시기 전에 세
숫물을 떠다 바치고, 대청마루도 윤이 나게 길들여 손끝이 여문
다는 소리를 듣는다. 마님에게 칭찬이 듣고 싶어 얼마나 조신하
게 굴었던가!

'가신 지가 오래 됐는디, 왜 안오구. 일 년이 지났는데 안 오니
까 이뿐이는 밤마다 눈물로 새오며, 이쁜이는 그럼 죽을 테니까
날듯이 얼찐 와서…'

서울로 편지를 몇 차례 써서 보내고 눈 빠지게 우체부를 기다
렸는데 답장 한 장 없더니, 마님의 소원대로 많이 배운 신식 여
자를 만나 서울에 있는 호텔에서 결혼식을 한단다. 신식 결혼식
은 흰색 한복을 입은 신부가 들러리를 앞세우고 화동이 뿌리는
꽃길 따라 걸어 나가 볼만하단다. 마님과 식구들이 새 옷을 지어
입고 역에 나가 기차를 타고 서울로 향했다.

서울에서 신식 결혼식을 올린 도련님이 아씨와 함께 오셔서 사당 차례를 하고 집안 어른과 마을 어른에게 인사를 드린다는 소식에 동네 사람이 모여 잔치 음식을 만드느라 시끌벅적하다. 쌀을 빻아 떡을 안치고, 젊은 청년들은 돼지를 잡는다고 '꽥! 꽥!' 소리 지르는 돼지를 묶어서 메고 왔다.

술 익는 냄새, 떡 치는 소리, 지글지글 고소한 기름 냄새가 집안을 벗어나 동네를 가득 덮으니 마을 사람들도 신바람을 일으킨다. 큰일에는 아끼는 것이 아니라며 곳간 문이 열리니 아낙네들은 아예 식구들을 데리고 와서 하루의 끼니를 해결한다. 도련님 친구와 아씨 친구까지 같이 온다니 사랑채를 치우고, 잔치 준비를 하느라 아랫것들은 가래톳이 설 만큼 뛰어다닌다.

가마꾼들이 기차역까지 가서 아씨를 모셔왔다. 박꽃 같은 살빛에 초록 저고리, 다홍치마가 너풀너풀, 하늘의 선녀가 저리 고울까?

"서울 물은 뭐가 달라도 다르지."
"올해 여자 대학교를 졸업했다며."
"친정아버지가 서울에서 높은 자리에 있다잖아."

서울에서 신식 결혼식을 올렸다 해도 마을 풍습으로 잔치를 한다. 나뱃뱃한 얼굴에 연지 곤지 찍고 칠보족두리 원삼 활옷 차림으로 절을 하는 모습은 돌부처도 넋을 놓을 정도로 곱다.

상전과 종이 못사는 법이라면 정이나 주지 말지.

"너, 요년 바른대로 말해야지 죽인다."

볼기짝이 톡톡 불거지도록 매를 맞을 때 엄마마저 머리채를 휘어잡고 주먹으로 팡팡 때리고 뜰 아래 광에 가두지 않았던가.
진달래같이 순수하고 찔레 향처럼 맑다 추켜세우시던 도련님. 네가 세상에서 제일 예쁘다던 도련님. 서울 여자들은 너무 똑똑하고 따지는 게 많아서 싫다지 않는가! 눈물이 그렁그렁해서 같이 서울로 도망가자고 조르던 도련님인데. 서울 가서 신식공부 시켜준다던 때는 언제고, 마님께 매를 맞게 한 것도 도련님이요, 별 욕을 다 당하게 한 것도 결국 도련님이다. 눈물까지 머금고 조르던 도련님이 이제 와 변하신 것은 신의 조화가 아니면 안 될 일이다.
조바심 나는 마음을 달래며 도련님과 아씨 세숫물을 떠다가 드리고, 밥상은 물론 다과상까지 들고 나며 사흘이 지났다. 도련님이 정표로 떼어주신 옷고름을 질끈 동여매고 눈을 찡긋해도 못 본 척 눈길 한번 안 주신다.

"고추밭에 풀이 자라 호랑이가 새끼 쳐 나가겠더라."

스치듯 하신 엄마 말이 생각나서 고추밭으로 내달렸다. 한동안 손을 못 댄 고추밭은 풀이 성큼 자라 엉기어 어디서부터 김을 매야 좋을지 갈피를 잡을 수 없다. 울화증이 치밀어 호미로 엉킨 풀을 푹푹 찍고 머리끄덩이를 잡은 듯 잡아챈다.

석숭이가 있었으면. 석숭는 참외밭에 원두막을 짓고 장사하는 아버지 몰래 잘 익은 참외를 따와 불쑥 내밀며,

"이 더위에 미련하게 황소처럼 일만 하다 쓰러질라."
"숨 좀 돌려라."

밭둑에 앉아 참외를 베어 먹고 있는 동안 땀을 뚝뚝 흘리며 허리 한번 안 펴고 고추밭이 금방 훤해지도록 김을 매주지 않았던가. 그때는 고맙다는 말 한마디 건넬 줄 몰랐다.

도련님이 주신 옷고름이 없었던들 살맛조차 없었겠지만 이제 꺼내 보며 눈물 흘려도 소용없으니 고이 간직하였던 옷고름을 풀숲에 던져 버렸다.

언제 왔는지 지게를 진 석숭이가 장에 가서 닭 판 돈으로 소금을 사 오는 길이라며 품속에서 다홍 갑사댕기를 꺼내주고 휭~ 하니 언덕을 오른다.

뜨거운 눈물이 왈칵 쏟아졌다.
멀어지는 석숭이의 등이 넓다.

따라지

허리띠 졸라매고 살았지만, 워낙 가진 것 없이 시작한 살림이라 쉰이 넘어서야 겨우 사직 골 달동네에 집 한 칸 마련했다. 이사 온 지 이십 년도 넘었으니 철문이 삐딱하게 기울어 닫히지 않아 한숨이 나오고, 세상사 녹녹지 않은 설움이 비스듬한 담에 얼룩이 묻어 있다.

아이들에게 호강은커녕 배부르게 못 먹이고, 공부마저 성에 안 차게 시켰으니 제 앞가림하는 것만도 고맙다. 올망졸망한 손자들이 태어나 저 살기 바쁘니 손 내밀 처지도 아니다. 허송세월하는 남편과 둘이 살지만, 돈 쓸 일이 심심치 않게 생긴다. 한 푼이 아쉬워 추녀 밑을 벽돌로 쌓은 후 돌려가며 판자로 막고 신문지를 발라 방을 꾸며 사글세를 놓았다.

나는 아이 업은 채 무거운 연탄을 들고 눈 쌓인 비탈길을 오르고, 두세 정거장쯤은 걸어 다녔다. 남편은 인력거를 끌고 세찬 눈보라 속을 달려 코에서 단내가 나도 먼 길이나 고갯길을 마다 하기는커녕 실속이 있어 더 반가워하고 힘든 줄 모르고 뛰어다녔다.

하늘 아래 첫 동네라고 하지만 푼푼이 모아서 집 한 칸 마련했을 때는 세상을 다 움켜 진 것같이 뿌듯했다. 젊어서 고생은 사서 한다지만, 수중에 돈이 불어나는 재미에 힘든 줄 모르고 살았다.

팔자가 사나워서인지 세 사는 사람들이 모두 우거지상에 노랑퉁이, 말괄량이, 병들은 따라지들이다. 돈이 있으면 사직 골 달동네까지 오지 않았겠지만, 월세마저 몇 달 치씩 밀려가며 사는 삶이니 오죽할까? 방마다 돌아가며 밀린 방세 받아내는 일도 못할 짓이다.

중간 방에 사는 새파랗게 젊은 놈은 이불을 뒤집어쓰고 줄 창 낮잠만 잔다. 세상이 바뀌었다고는 하지만 육신이 멀쩡한 놈이 돈 벌 생각은 안 하고 소설을 쓴답시고 빈둥대며 누이 피를 빨아먹고 있으니 언제 돈 벌어 장가가려나. 얼굴이 누렇게 뜨도록 처박혀 있는 자칭 톨스토이는 제복공장에 직공으로 다니는 과부 누이의 월급으로 둘이 먹고산다. 누이가 과부길래 망정이지 서방이 생기면 개밥에 도토리 신센데, 돈 벌 생각을 안 하고 빈둥대는 젊은 놈은 볼수록 밉상이다.

아래 위턱도 몰라보고 반질반질한 얼굴만 믿고 난봉 질에 성깔까지 있는 아키코는 카페에서 일하며 몸까지 판다, 쪼그랑 박 같이 늙으면 어느 놈이 쳐다보기나 할까?

내 새끼는 아니지만, 걱정돼 방세도 제때제때 내고 돈 아껴 써라. 저고리가 너무 얇아 속이 다 비친다. 잔소리할 때마다 귓구멍이 막혔는지 껌만 짝짝 씹으며 뉘 집 개가 짖나 하듯 먼 산만 바라보고 분내를 풍기며 나가버리니 속이 뒤집한다.

같은 방에 사는 영애는 뚱뚱하고 못생겨 남자에게 인기가 없어 늘 울상이다. 아키코는 제 밥그릇도 안 씻어 혼자 살림을 도맡아 한다고 불평을 하지만, 찬거리를 사 오면 먹는 것보다 버리는 게 더 많고, 주전부리를 달고 사니 밀린 방세 생각이 나서 부아가 치민다. 몇 달씩 방세가 밀린 주제에 군것질할 돈으로 쌀을 사다 밥을 해 먹어야 하지 않나. 호통을 치지만, 조금만 기다려 달라며 생글생글 웃으니 웃는 얼굴에 침 뱉을 수 없어 애꿎은 문만 쾅 닫고 만다.

팔자에 없는 송장을 칠까 봐 애간장을 녹이는 지팡이 노인은 버스 걸로 다니는 딸의 비위를 맞추느라 숨을 죽이고 산다. 방을 안 줄까 봐 감기가 좀 쇠기는 했지만 약을 먹고 있으니 곧 나을 거라 했다. 2년이 지난 지금까지 감기라고 빠득빠득 우기는 딸년이 더 괘씸하다. 딸년이 집을 비운 사이 인기척이 없으면 송장을 칠까 불안하여 귀를 세우고 마당을 서성거리는 일이 자주 있으니 상전이 따로 없다.

스스로 성을 쌓아 갇힌 채 자존감을 상실하고 살아가는 네 가족의 이야기다. 가난한 사람들끼리 보듬고 살면 좋으련만 성격이 워낙 유별나서 배려하는 마음 없이 마주칠 때마다 서로가 날을 세워 신경전이 일어난다.

젊은 놈이 빈둥대며 노는 꼴도 보기 싫고 방세가 밀려도 미안한 기색 없으니, 밀린 방세를 포기하고라도 얼른 내보내고 다른 사람을 두는 것이 낫겠다 싶어 방을 빼라 독촉을 해도 누나 핑계만 대며 딴청을 한다. '샘님 배부르면 종놈 배고픈 줄 모른다.' 하며 밀린 월세 독촉하는 주인이 야박하다고 대든다.

조카가 서울로 왔으니 당장 쓸 방이 필요하다며 짐을 마당에 쌓아놓고 나가라고 큰소리를 쳐도 작당을 했는지 꿈쩍 안 한다. 조카를 앞세워 쫓아내려다가 싸움이 벌어져 문짝이 부서지고 그릇이 깨지고 피해가 막심하다. 부서진 문짝 수리 비용을 변상시킬까 하고 경찰을 대동하고 나타나면, 태풍이 지난 후 고요하듯이 언제 그랬냐는 듯 일상으로 돌아간다. 경찰도 다친 사람 없으니 한집에 사는 사람끼리 원만하게 해결하라며 귀찮은 표정을 짓고 가버렸다.

톨스토이는 버스 걸을 마음에 두고 있지만, 내색을 못 하고 버스 걸이 출근하는 시간에 맞춰 목에 수건을 두르고 세수하러 마당 수돗가로 나온다.

"지금 출근하십니까?"

웃음을 띠고 아는 체를 한다.

버스 걸의 퇴근 시간쯤 되면 골목길에서 어정거리다가 마주치기라도 하면,

"공원으로 운동을 하러 가는 중입니다."

"눈이 녹아 질퍽하니 조심하십시오."

묻지도 않은 말을 하며 공원으로 향한다. 지켜보는 영애는 답답하기만 하다. 가끔가다 간식을 챙겨주며 관심을 보이지만 톨스토이는 묻는 말에만 겨우 대답할 뿐 눈길 한번 마주치지 않는다. 그 대답이라는 것도 늘 구렁이 담 넘어가듯 얼버무린다.

버스 걸의 출근 시간에 맞춰 마당에서 맨손체조를 하던 톨스토이와 지팡이 노인이 마주쳤다. 산전수전 다 겪어 눈치가 백 단인 노인이 아닌가!

"그래, 소설을 쓴다더니 잘 되어 가는가?"

"신춘문예에 응모해볼 생각입니다. 소설은 아무나 쓰는 게 아니지요."

"신문기자셨던 아버지는 국민이 알 권리가 우선이라며 정의 편에 선 기사를 써서 실직당하고 화병으로 돌아가셔 집안이 기울게 되었어요"

"신문기자로 활동하시던 아버지 피를 이어받았는지 학교 다닐 때부터 글 쓰는 재주가 있어 작가가 될 것이란 말을 많이 들었습

니다."

"늘 교실 뒤쪽에는 제가 쓴 시가 붙어 있었지요."

"지난해는 신문사에 응모했는데 최종 심사에 올랐으니 빛을 볼 날도 멀지 않았습니다."

"제가 놀고 있는 것처럼 보이지만, 글감을 찾고 자료를 조사하여 소설을 완성해 놓고 퇴고를 하는 중입니다."

"퇴고란 것이 한두 번으로 끝나는 게 아니고 많은 시간이 걸리지요."

'흠, 흠' 기침을 하던 노인은

"나이가 차도록 누이한테 얹혀살면 시집올 여자가 있겠나?"

"남자는 지게꾼이라도 직업을 가져야 해, 돈을 벌어야 처자식을 먹여 살릴 게 아닌가?"

"나야, 마누라 병원비로 재산을 날리고 사기를 당해서 그렇지, 예전에는 기와집에서 사람 여럿 거느리고 살았지."

"어느 날은 탁발 스님께 공양미를 올렸더니 딸아이를 유심히 보신 후 지나가는 말로 초년고생은 하겠지만, 식복에 인복도 있고, 자식 복도 있겠다. 하시더군."

"우리 딸이 심성이 고와서인지 육군 장교한테서 중신이 들어온다네."

"어제는 말쑥하게 생긴 청년이 집 앞까지 쫓아왔다고 하더군."

"감기가 좀 오래가기는 해도 내 병이 나으면 왼 만큼 사는 집을 골라서 시집 보내려고 하지."

"네, 네"

톨스토이는 고개만 주억거리다 돌아섰다.

영애가 불쑥 문을 열고 들어와,

"톨스토이 선생님, 연애편지 한 통만 써 주셔요."

"선생님이 쓰시는 소설은 어떤 내용이에요?"

"서울에 사는 대학생이 농촌 계몽운동 가서 일어나는 에피소드야."

"학생은 농촌의 자연과 순박한 사람들에게 정이 들어 농촌에 정착하고 싶은 생각을 하지만, 부모님은 졸업하고 군대를 다녀온 후 생각해도 늦지 않다고 반대가 심하서."

"물론 중간에는 찔레꽃 같은 시골 아가씨의 순수함에 반해 사랑을 나누는 이야기도 있고."

"어머 멋지네요."

"완성되면 제일 먼저 제게 보여주셔요."

"선생님 작품이 책방에 나오면 한 20권쯤 사서 친구들에게 나누어 주며 자랑할래요."

"오늘은 아키코가 손님을 데리고 올 테니 밖에서 자고 오라며 80원을 놓고 나갔어요."

"아키코는 예쁘게 생겨서 인기가 많지만, 툭 하면 손님과 싸워서 경찰서를 드나드는 게 탈이지요."

"글쎄, 어제는 고것이 제 목도리를 좀 하고 나갔다고 도끼 눈을 뜨고 당장 벗으라며 잡아채지 않겠어요."

"사귀는 남자한테 생일 선물로 받은 거래요."

"내가 많이 참아서 그런대로 살고 있지만, 곧 아래 동네에 방을 얻어 따로 나갈 생각이에요."

"연애편지 다 쓰시면 제가 청요리를 대접할게요."

"내 소설이 뽑히기만 하면 그동안 진 빚을 다 갚을 거요."

"어머! 선생님, 우리 사이에 빚이 어디 있다고 그러셔요."

영애가 촐랑거려도 책상 앞에 앉아 있는 톨스토이는 묵묵히 벽만 보고 있다.

연애편지는 한 줄도 나가지 못했는데 해가 기운다.

가을

"나 원, 세상에 살다 살다 별놈 다 보겠네."

내, 평생 술장사하면서 노름빚에 마누라 팔아먹었다는 소리는
들었어도 사지 멀쩡한 젊은 놈이 아들을 앞에 앉혀놓고 마누라
파는 계약서에 도장 찍는 처신은 처음 본다. 땅을 사고파는 매매
계약서를 쓰고 있는 것도 아닌데 남의 일인 듯 윗목에 조신이 앉
아 있는 년은 또 뭔가?

나야 중개료와 외상술값으로 주머니가 두둑하게 굴러 들어올
것이요, 애꾸눈 소장수는 참한 여자 얻고, 영득이도 꾀가 말짱하
니 보채지 않을 것이요, 영득 아비야 빚 가리니 맘 편할 테지. 돈
만 있으면 장가야 또 가면 될 것 아닌가? 아침에 까치가 울더니
해거름에 주머니가 두둑해졌다.

오죽했으면 아내를 팔 생각을 했을까. 부모 팔자가 반팔자라는데 부모한테 땅 한 떼기 물려받지 못했으니 둘이 품을 팔아 그냥저냥 굶지 않고 살았다. 아들도 태어났으니 몸만 성하면 걱정 없을 듯했다. 사람의 앞날은 점칠 수 없다더니 남편이 삼 년 전 여름에, 배앓이했다. 여러 날 약을 구해 먹어도 차도가 없어 의원을 드나드는 바람에 빚을 지게 되었다. 빚이라는 게 자꾸 새끼를 쳐 나가니 좀처럼 갚기 힘든데 가뭄까지 겹쳐 인심이 흉흉하다. 마을에는 빚을 감당하기 힘들어 식구를 데리고 야반도주하는 사람이 생기자 빚을 갚으라는 독촉이 심하다.

머리 좋고 재주가 있어 밑천만 있으면 크게 성공할 사람인데, 바지런하기를 하나, 맘만 좋아서 어디 가면 제 몫도 못 챙기는 위인이요, 김매고 방아품 팔아 양식을 구해다 죽을 쑤어 바쳐도 달다 쓰다 말 없는 사람. 아쉬운 소리 한번 못하니 돈 되는 일과는 거리가 먼 사람이다.

쌀이 떨어진지 여러 날 되지만 워낙 주변머리 없는 남편은 변통할 생각을 안 하고 남의 집 불구경하듯 한다. 자식이 있으니 죽을 수도 없고 이 궁리 저 궁리를 하는데 돈 많은 소장수가 여자를 사겠다는 말에 귀가 번쩍 뛰었다. 사람을 사고파는 것도, 엄연한 거래니, 계약서를 쓰고 보증인을 세우란다.

글을 깨친 양지말의 아재를 불러 계약서를 쓰고 주모가 보증을 섰다. 탈이 난다 해도 아재는 남의 아내를 꾀어내서 팔았거나 서로 공모하여 팔아먹은 것이 아니고 대서를 해준 죄밖에 없다.

추궁이야 당하겠지만 그도 생각나는 것은 덕냉이 큰집밖에 더 있을까? 지서에서 오라 가라 해서 좀 성가시긴 하겠지만 불러준 대로 써준 죄밖에 없으니 곧 풀려날 것이다.

"육시랄 이 마당에 뭔들 못하겠어, 앞만 보고 가는 거야!"

이를 악물며 다짐을 해 본다.
영득아, 엄마가 없다고 보채지 말고 밥 잘 먹고 며칠만 참으렴. 소장수 돈 50원은 잠시 빌리는 거니까 부지런히 벌어서 하릅송 아지 한 마리 사서 대신 갚으면 돼. 50원이면 여기저기 이자 나가는 돈 갚고 도시에 나가서 거처할 달 세 얻을 정도는 남을 거야.
도시에 가서 남의 눈치 보지 않고 지게 품 팔고, 바느질 품을 팔아서라도 둘이 벌면 너 하나쯤은 상급 학교에 보낼 수 있다. 머리가 좋은 영득이를 가르치기만 하면 판검사는 못되더라도 넥타이 매고 끼니 걱정 안 하며 살 수 있겠지! 암, 그렇고말고! 인물 뿐만 아니라 머리도 아비를 닮았는데!

"외양은 이래도 괜찮은 놈이니 믿고 잘살아봅시다."
"천륜을 어찌 끊을 수 있겠소."
"언제든지 아들이 보고 싶으면 속을 끓이지 말고 말씀하시오."
"점심때가 겨웠으니 국밥 한 그릇씩 먹고 출발합시다."

김이 무럭무럭 나는 국밥 위에는 큼직한 고기가 얹어있어 영득이 생각이 났지만, 수중에 돈이 있으니 내가 없어도 당분간은 굶지 않을 거란 생각이 들어 푹푹 퍼넣은 국밥이 술술 넘어간다. 국밥집에서 든든히 먹어서인지 이십 리 길을 걸어도 힘든 줄 모르겠다.

소장수한테 의심을 받지 않으려면 기생첩같이 착착 감겨도 안 되고 소소한 일에 까탈을 부려도 안 되겠지. 내 한 몸에 우리 세 식구의 명줄이 달렸다. 자식을 떼어놓고 온 어미 심정이 티 나지 않게 하얀 쌀밥에 배 두드리는 무지렁이 시골 아낙처럼 만족한 얼굴을 지어야만 한다. 한 이래지만 너무 가깝지도 그렇다고 멀지도 않게, 조금 팽팽한 고무줄을 잡은 듯 조신하게 굴어야겠다.

홀아비살림이니 여자 손 갈 일이 좀 많은가. 일에 파묻히니 하루해가 금방 가고 밤이 길었다. 어미를 한 번도 떨어져 본 적이 없는 영득이는 어미를 찾다 병이 나지 않았을까? 당장은 아내를 팔아먹은 놈이라고 욕을 해도 동네 사람들한테 꾼 돈 떼어먹지 않았으니까 시간이 지나면 잊힐 것이다.

주변머리 없는 사람이지만 굼벵이도 구르는 재주가 있다고 수중에 50원을 쥐었으니 처자식 데리고 살 궁리를 하고 있겠지. 입이 무겁고 진중한 사람이니 이웃이 눈치채지 못하게 이사 갈 준비를 차근차근할 테니 죽은 듯이 며칠만 꾹 참자.

"역시 집안에는 여자가 있어야 해."
"집안이 훤해졌구려. 낮에 심심하지 않던가?"

"내일은 밭두렁 너머 어른께 말동무도 해드리고 동네도 한 바퀴 돌아 보구려."

"내일은 김치 담고 마당 가에 잡풀도 뽑고, 할 일이 많아요." "천천히 동네 사람들과 말문을 터 보겠어요."

"뭐 필요한 게 있거나 먹고 싶은 게 있으면 말해요. 당신이 불편하지 않게 내, 사 오리다."

"필요한 게 있으면 말할게요. 조심해서 다녀오셔요."

"산적이 많다니 소 판 돈은 허리춤에 꼭 묶고 혼자 다니지 마셔요."

소장수가 나간 후 집안일에 묻히니 심심할새 없이 하루가 금방 갔다. 검둥이가 꼬리를 치며 내달린다. 아무 소리도 듣지 못했는데 검둥이는 멀리까지 주인 마중을 나간다. 꼬리 치는 검둥이와 앞서거니 뒤서거니 대문을 들어서며 묵직한 보따리를 안겨준다.

읍내에서 유행한다는 누비 통치마 저고리와 얼굴에 바르는 크림이 들어있다. 곧 추워질 것 같아서 미리 샀다는 말에 코끝이 시큰하다. 오늘은 된장찌개에 생선도 한 토막 얹었더니 밥상이 푸짐하다.

음식 솜씨가 좋다며 칭찬을 하니 난생처음 들어보는 칭찬에 아이처럼 입꼬리가 올라간다. 첫 새벽에 일어나 물을 데워놓고 불을 화로에 담아 방을 덥혀주는가 하면, 부엌 뒤쪽에 장작을 착착 쌓아주는 사람, 이렇게 잔정이 많은 사람을 속여야 하니 내 팔자가 원망스럽다.

잠을 설쳤지만 끼니 걱정 안 하고 쌀독에 쌀을 푹 퍼서 강낭콩을 조금 섞어 밥을 지으니 씹을 새도 없이 술술 잘도 넘어간다. 있는 동안만이라도 최선을 다해 살림을 돌봐주어야 조금은 덜 미안할 것 같아 안팎으로 청소를 하고, 벗어놓은 옷가지를 푹푹 삶아 볕에 잘 말려 개켜 놓는다. 나물 무치고, 김치 담아 놓고 물독과 가마솥에 물을 길어다 가득 채웠다.

하나하나 씻어 놓은 살림살이가 자리를 잡으니 집에서 온기가 돈다. 영득이만 아니면 이대로 눌러앉아도 괜찮을 것 같다는 생각이 들어 머리를 흔들었다.

옆에서 코를 골며 잠든 모습을 보니 돈은 많아도 측은한 생각이 든다. 노처녀나 딸린 자식 없는 과부를 만났더라면 점방을 내고 자식을 낳아 정붙이고 살련만 나 같은 여자를 만났으니 혹여 그나 나나 전생에 지은 죄가 큰지 모르겠다. 가슴이 아려온다.

남자가 코를 골며 깊은 잠이 들자 해지기 전에 채소밭에 숨겨 놓았던 옷과, 곡식 담은 보따리를 들고 나선다. '하룻밤을 자도 만리장성을 쌓는다.'는 말이 있지만, 자식이 눈에 밟혀 떠나니 용서해 주십시오. 열심히 벌어서 이담에 하릅송아지 한 마리 사서 꼭 갚겠습니다. 정말 죄송하다는 편지라도 한 장 써 놓고 떠났으면 좋으련만 까막눈인 것이 원망스럽다.

한 이래 잘 먹어서인지 횡~ 횡 바람을 가르며 달려도 힘이 들지 않는다. 의지할 피붙이 하나 없으니 남편이 보아 둔 곳으로 세 식구 손 잡고 가기만 하는 된다.

희끄무레하게 밝아오는 논에는 벼가 노랗게 익어가고, 고개를 푹 숙인 수숫대가 새들을 모으고 있다. 들판의 허수아비도 건들건들 춤을 춘다.

핏기가 돌고 있을 남편의 얼굴과 엄마를 부르며 달려들 아들을 생각하니 이레 동안 꿈을 꾼 듯하다.

자글자글 구운 자반고등어 살을 발라 이밥에 얹어주면 넙죽넙죽 받아먹을 아들의 모습이 눈앞을 스치고 지나간다.

잠자리가 떠도는 가을 하늘은 무심케 깊어만 가고 있다.

제 **2** 부

삽화 : 장희자

노다지

도대체 금이 뭐길래? 어느 놈이 뜯는 놈이고 어느 놈이 뜯기는 놈인지 헷갈린다.

꽁보와 더팔이 또 다른 동무는 회양 근처에서 가장 험하다는 골짜기를 기어올라 서른 길이 넘는 암굴에서 감석을 두 포나 따내 다섯 몫으로 나누었다. 큰형님이 나누어 주는 대로 가지고 이 마을을 떠서, 집 사고, 계집 얻고, 술도 먹으며, 편히 살자 약속했다.

감석을 보자 눈이 뒤집혀 금광에 먼저 들어가 많이 땄다고, 정보를 제공하고, 연장을 살 돈 댔다며 감석을 더 차지하려고 멱살을 잡고 감석으로 머리를 찍고 순식간에 난장판이 되었다. 꽁보는 황소 같은 놈의 골통을 패려고 감석을 쥐고 살살 기어가다 들켜 짓밟혔다. 천행으로 힘 좋은 더팔이가 비호같이 날아들어

그놈을 골짜기로 내던졌다.

꽁보는 목숨을 구해준 은혜에 대해 손씻이를 하려고 나이가 적은 더팔이를 형님으로 모시고, 충주 농군에게 출가하여 아이를 둘이나 낳았지만 곱고 손끝이 야무지다 칭찬받는 누이와 짝을 맺어주려 하였다. 갈비뼈가 부러지고 등이 휜 꽁보는 후유증이 오래가서 비실비실하면서도 더팔이의 말이라면 자다가도 벌떡 일어나 머리를 조아린다.

어느 날 꽁보와 더팔이가 주막에서 술상을 앞에 놓고 앉았는데 '저 산 넘어 금이 푹푹 쏟아지는 휴 광이 있는데, 바위에 구멍을 뚫고 폭약을 넣은 후 단추만 누르면 사람의 천배 능률이 오르니 화약 취급 기술자는 허가 나오기만 기다리고 있다' 하는 주모의 말에 귀가 번쩍 뛰었다.

두 사람은 오늘 당장 날이 새기 전에 일을 벌이기로 하고 솔, 잣, 밤, 단풍이 울창하게 들어찬 암흑 속을 더듬으며 기어오른다. 감석을 따면 다음 날 충청도로 가서 돈으로 바꾸어 똑같이 나누어 가지자고 손을 맞잡고 약속을 했다.

가파른 산 중턱에는 집채 같은 바위가 놓였고 그 옆 삐딱한 돌 장벽을 끼고 구멍이 뚫려있다. 굴로 통하는 사다리는 모조리 떼 가고 민숭민숭한 돌벽이다. 바랑에서 관솔을 꺼내 불을 붙여 들고 축축하고 껌껌한 굴속을 뒷걸음질 쳐 내려가는데, 굴 안에서 검은 손이 잡아채는 듯 머리끝이 곤두선다. 사다리가 있으면 쉬운데 돌 틈에 발을 딛으며 내려가려니 마음이 급하다.

금을 발견하면 망치로 '탕, 탕, 탕' 세 번 신호를 보내자 약속을 하고 동발을 넘어 양쪽으로 들어간다. 꽁보는 열 길쯤 내려갔을 때, 벽에서 반사되는 누런빛을 본 순간 손에 땀이 나고 숨이 가빠진다. 틀림없는 금이다. 동발을 의지한 채 "팡! 팡!" 망치로 징을 때리는 소리가 귀를 찢는다.

망치로 내려칠 때마다 반짝반짝 불꽃이 튀고 바위가 쩍 갈라질 때마다 힘이 솟는다. 땀이 뚝뚝 떨어지고 허리 펴기 힘들 만큼 지쳐갈 즈음 꽁보는 좁다란 틈에서 두 냥은 돼 보이는 감석 하나를 따냈다. 돌 위에 놓고 망치로 두드리니 쪽이 안 나고 찐득찐득한 것이 틀림없는 감석이다.

더팔이와 눈이 마주친 순간 신호를 보내기도 전에 눈에 불을 켜고 달려들었다. 자네 같은 약골은 골백번을 와도 소용없네, 꽁보를 밀치고 동발께로 다리를 쭉 뻗고 그 좁은 틈에 타래 징을 꽂고 땅! 땅! 때려 순식간에 감석 두 개를 따냈다. 생명을 구해주었다고 늘 종처럼 부리더니, 지금은 나를 밀치고 힘자랑하며 감석을 따내고 있다.

큰 욕심 부리면 화를 입기 쉬우니 손바닥만 한 감석을 하나씩만 따서 첫닭 울기 전에 나오자고 약속했는데, 그만 내려오라고 애원을 해도 들은 척 않고 망치질을 하니 감석을 혼자 차지할까 봐 속이 바작바작 탄다.

"어이쿠!"

비명과 함께 동발이 와르르 무너져, 모난 돌이 더팔이의 하반신을 눌러 상체만 움직인다.

"여보게, 내 몸 좀 빼주게."
"아우, 나 죽네!"

힘자랑하며 밀쳐낼 때는 언제고 죽어가는 소리로 애원한다. 더팔이의 팔과 다리, 허리까지 머리통만 한 돌이 덮쳤으니 구한다 해도 몸이 성치 못할 것이며 덩치가 나의 배나 되는 더팔이를 업고 굴을 빠져나갈 자신도 없다. 꽁보는 동발이 더 무너지기 전에 더팔이 머리 위쪽에 있는 감석 세 개를 들고 날쌔게 굴을 기어오르는데

"이놈아, 벼락 맞아 뒈져라."

악을 쓰는 소리와 함께 '우지직~' '뚝! 뚝! 쾅!' 무서운 폭음이 들린다.

감석이 세 개면 금이 서른 량은 되고도 남을 것이다. 촌놈이 서울에서 얼쩡거리면 코 베간다는 세상이니 외삼촌이 있는 곳에 가서 땅을 살까? 농토가 많으면 마름을 두고 고래 등 같은 집에서 비단옷 입고 신선놀음하는 것도 괜찮겠지. 아니면 남쪽에 가서 고기잡이배를 한 척 살까? 돈을 더 주더라도 노련한 선장을 만

나면 돈 벌기가 땅 짚고 헤엄치기라는데.

순영이에게 금반지를 끼워주며 청혼을 하면 들어줄까? 한참 물이 오른 순영을 보면 가슴이 두근거린다. 빨랫감을 이고 빨래 터로 가거나 다래끼를 차고 나물을 캐는 순영이와 마주치면 밤 새 연습해둔 말은 어디 가고

"밥은 먹었냐?"

엉뚱한 말이 먼저 튀어나왔다. 지난 장날에는 다홍빛 갑사댕기 를 본 순간 삼단 같은 순영의 머리에 어울리겠다는 생각이 들었 지만, 장마당만 몇 바퀴 돌다 왔다. 솔직하게 더팔이가 순영에게 눈독을 들이는 것 같아 애써 외면하려 하였다.

'송충이는 솔잎을 먹어야 한다.' 어려서부터 농촌에 살며 농 사일을 익혀온 몸이니 농사일이 가장 안전할 것 같다. 외삼촌이 있는 마을은 시내와 가까우면서도 높은 고개가 있어 외진 곳이 다. 마을이라 해도 집이 몇 채 없다. 농토와 집을 마련한 후 순영 이를 부르면 비록 왜소하고 약하지만, 마님이 되는데 거절 안 하 겠지!

꽁보는 당분간 외출을 삼가고 쥐 죽은 듯 집에 머물며 매일 저 녁 만리장성만 쌓는다. 한복을 곱게 입은 선녀가 달력 안에서 미 소를 보낸다. 어머니의 잔소리가 노랫가락으로 들리고 날마다 먹는 보리죽도 달다.

감석 두 개는 빈 항아리 속에 넣고 하나는 땅속에 깊게 묻어두

는 것이 가장 안전할 것 같아 새벽에 뒤뜰 대추나무 밑을 파고 묻었다. 사람의 일이란 알 수 없는 것! 나중에 대를 이을 아들에게 물려주리라.

사흘이 지나자 더팔이 동생이 찾아와,

"우리 형님이 닷새째 아무 연락 없이 집에 안 들어오셔요? 그럴 분이 아닌데. 답답해 왔어요."

"나도 형님 본지 여러 날 돼서, 어디 볼일이 있던가, 아니면 고뿔이라도 들었나 궁금해하던 참이야."

"형님과 둘이 늘 같이 다니셔서 형님 계신 곳을 알고 계신 줄 알았어요."

"어머니 꿈에 형님이 나타나서 이상하대요. 불러도 다리를 절뚝절뚝 절며 멀어지는 것을 보면 어디 가서 죽은 것은 아닌지 걱정하셔요."

"그럴 리가 있겠나. 어른인데. 답답하니까 며칠 바람 좀 쐬고 오겠지."

"형한테서 소식 있으면 알려주셔요."

자리에 누우면

"아우 나 좀 살려주게."

"이놈아. 벼락 맞아 뒈져라."

"찌~찍, 웅~~ 타 탕, 탕!"

환청이 들리면 가슴이 조여오고 헛것이 보이는 것 같아 편히 잠들 수 없다. 동네 돌아가는 소식이라도 들으려고 주막에 갔더니 주모는 들어오는 손님은 안중에도 없이 더팔이 시신이 휴 광 중인 굴속에서 나왔다는 소식을 전하느라 정신없다.

발파 허가가 나와 폭약을 설치하러 휴 광에 가서 무너진 돌덩이를 들어내자 더팔이 시신이 나왔단다. 필시 누가 금덩이를 빼앗고 동발을 밀어 더팔이를 죽였을 것이다. 힘깨나 쓰는 더팔이가 죽은 것을 보면 한 놈이 아니고 여러 놈이 협잡했을지도 모르는 일이란다.

여태 큰 사건이 일어나지 않고 조용하던 마을인데 도대체 금을 얼마나 캤기에 사람을 죽였을까? 천벌을 받을 놈들이다. 살인사건이라며 도 경찰까지 나서서 마을을 이 잡듯이 탐문 수사를 한단다. 술 대작할 사람은 보이지 않는데 주모가 나를 두고 하는 말 같아 가슴이 쿵쿵 뛰어 슬그머니 나왔다.

다음날 느지막한 조반을 먹고 어슬렁어슬렁 대문을 나서는데 낯선 남자 두 명이 겨드랑이를 바짝 틀어잡더니

"지서로 좀 가셔야겠습니다." 하며 담에 붙여 놓았던 지프에 밀어 넣었다.

지서 옆 건물은 어두컴컴하고 빈 것처럼 조용하다. 복도 끝의 방문 앞에서 두 형사는 발을 멈추더니 문을 열고 밀어 넣는다.

직사각형 방에는 큰 책상과 의자 두 개가 마주 있고 옆으로 야전용 침대와 검도 봉이 있다.

"생년, 월일!"
"1940년 4월 5일입니다."
"주소."

맞은 편에 앉은 순경이 펜촉에 잉크를 찍어 받아 적고 있다.

"휴광 속에서 더팔이 시신이 나왔다는 소식은 들으셨겠지요?"
"컴컴한 밤중에 바랑을 메고 더팔이와 둘이서 산등성이 오르는 것을 본 사람이 있습니다."
"둘이 같이 산을 올랐는데 한 사람은 돌 더미 속에서 시신으로 발견되었습니다."
"밤중에 산은 왜 올라갔습니까?"
"사람을 잘못 봤거나 헛것을 보았겠지요. 산에 올라간 적 없습니다."
"그럼, 더팔이를 마지막 본 것이 언제입니까?"
"일주일 전쯤에 주막에서 술 한잔을 하고 집 근처 옥수수밭 머리에서 헤어졌습니다."
"그게 몇 시쯤입니까?"
"밥상을 물리는데 괘종시계가 아홉 번을 쳤으니까 아홉 시가 조금 못 돼서 헤어진 것 같습니다."

"그 후부터 다음 날까지 어디 계셨습니까?"

"내 방에 들어가 잤고, 다음날은 일찍 일어나 어머니를 도와 밭에 나가 김을 맸습니다."

"그 후 더팔이를 만난 적이 없겠지요?"

"참, 그날 술안주는 뭐로 드셨지요?"

"늘 먹는 콩나물무침과 김치였습니다."

"더팔이의 위에 남아 있는 음식물과 일치하는 것으로 보아 그날 저녁부터 새벽 시간에 변을 당한 것 같습니다."

"자아, 보름 전부터 오늘 아침까지 있었던 일을 진술해!"

말려들면 안 된다. 형클어진 생각들을 차근차근 정리하며 대답한다. 목이 말라 입이 떨어지지 않고 담배 한 대 피우고 싶은 생각이 간절하다.

진술이 끝나자 소변을 보라고 데리고 갔는데 오줌 줄기는 졸졸 흐르다 말고 아래 배만 무지근하다. 창문은 검은 종이로 가려 놨으니 시간을 짐작할 수 없다. 잠시 후 다른 순경이 들어와 똑같은 진문을 순서도 틀리지 않고 반복한다.

밤새워 조서를 받아야 할지도 모르니까 먹어 두라고 국밥 한 그릇을 책상 위에 놓고 나간다. 배가 고프지 않고 혀가 깔깔해 숟가락 집었다가 국물만 마시고 수저를 놓았다.

문초하는 사람이 바뀌어도 똑같은 질문에 같은 대답을 되풀이하니 도깨비에 홀린 듯 정신이 오락가락하고 몸이 풀어져 버티고 앉아 있기도 힘들다.

"주막에 자주 들르던 사람이 왜 집에만 있었지? 찾아오는 사람도 없고, 집에 틀어박혀 있어야 할 이유가 있었나?"

나를 용의선상에 놓고 면밀하게 관찰한 게 틀림없다.

"금을 혼자 차지하려고 더팔이를 죽였나?"
"목숨을 살려준 은인인데 죽일 계획은 없었겠지. 재수가 없어 동발이 무너진 거고, 겁이 난 너는 금을 들고 도망쳤어. 안 그런가?"
"살인자는 사형이나 무기징역이야. 바른대로 말하면 정상을 참작할 테니 바른대로 말해!"
"진실은 언젠가는 드러나게 되어 있어. 피차 힘 빼지 말고 속 시원하게 털어놓는 게 좋지 않나?"
"죽은 자는 말이 없지. 동발은 스스로 무너진 거고, 절도죄는 한 삼 년쯤 수양하고 나오면 돼."
"금을 어디에 두었지?"

담배 한 개 피를 꺼내 세우더니 책상 위에 톡 톡 치며 낮고 싸늘하게,

"얌마, 신사적으로 대할 때 불어, 괜히 귀한 몸 걸레 쪽 되고 나서 후회하지 말고…."

사람을 바꿔가며 숨돌릴 틈 없이 그날 저녁부터 오늘까지 일을 묻고 또 물으니 정신이 혼미해져 대답이 어긋날 때도 있다.

"우리가 그렇게 시시하게 보이나, 아니라고 발뺌을 해도 소용없어. 우리는 살인사건을 전담하는 베테랑들이거든."

책상을 쾅쾅 치다가 살살 어르다 정신을 쏙 뺀다.

굴속에는 쥐도 새도 없으니 아니라고 버티면 증거가 없는 저들이 어쩔 텐가. 시간이 지날수록 담담해진다. 살인하지 않았으니 몇 년 징역을 산다 해도 시계를 거꾸로 돌릴 수는 없을 것이고 사람들의 관심도 지워진다. 내게는 감석이 3개나 있다.

살인 누명을 쓰면 생전 빛을 보기 힘들겠고 바른대로 말해 몇 년쯤 사는 게 현명하다는 생각이 들었다. 금맥을 따라 징을 대고 망치질하다 순식간에 일어난 일이며 감석은 보지 못했다. 더 팔이는 욕심이 과해서 무리하게 힘을 썼고 동발이 무너져 돌덩이에 깔렸다. 동발이 도미노를 일으키는데, 내 힘으로는 구조할 수 없었다. 난 젖 먹던 힘까지 다해 겨우 빠져나왔다. 녹음기를 틀듯 반복해서 진술한다.

외근을 나갔던 순경이 귓속말로 소곤대더니 주머니에서 감석을 꺼내 책상 위에 탁 놓는다.

"집안을 이 집듯이 뒤졌더니 번쩍이는 감석을 장독대 항아리

안에 잘 모셔두었더군."

"이러고도 아니라고 잡아뗄 텐가?"

"나를 핫바지로 아나? 저놈, 당장 집어처넣어."

"저 자식 평생 콩밥 먹게 생겼군."

세상이 노랗다.

* 감석 : 유용한 광물이 많이 들어있는 광석.

봄과 따라지

　큰길에는 깍쟁이들이 낄낄거리며 밥통을 들고 뛰어다니지만 난 몇 끼를 굶어서 기운이 없다. 종로통을 어슬렁거리는데 하늘하늘한 청록빛 비단 치마에 연분홍 저고리, 아리잠직한 얼굴, 뾰족구두, 트레머리에 향내가 말캉말캉 나는 고운 아씨가 스친다. 책을 옆에 끼고 음전하게 걷는 모습이 돈푼이나 던져줄 법하다.

　"아씨, 한 푼 줍쇼."

　고개를 외로 꼬고 불쌍한 표정을 지으며 아씨, "한 푼 줍쇼." 되뇌며 붙었지만, 귀가 먹었는지 앞만 보고 걸어간다. 비상 수단으로 청록빛 치맛자락을 덥석 잡았다.

"내가 지금 가진 돈이 없으니 집에 가서 줄게 이거 놓고 따라 오너라."

살짝 웃으며 조곤조곤 이르니 예수를 믿는 착한 아씨란 생각이 들어 치마를 놓고 한 발 짝 물러서서 꼬불꼬불한 골목길을 점잖게 따라갔다. 대문에 전등이 달린 기와집으로 들어가며,

"애야, 예서 조금만 기다려라."

오늘 봉 잡았구나! 맛있는 냄새가 솔솔 풍겨 나오니 군침을 삼키며 기웃거리고 있는데 조선옷을 입은 말쑥한 신사가 나와 갑자기 목덜미를 꽉 잡더니,

"요놈 자식, 다시 그래 봐라, 다리를 꺾어놓을 테다." 연이어 주먹이 날아든다.
"아편쟁이, 쟬푼이, 염병할 자식아, 죽여라, 죽여."

코피를 흘리면서 울고불고 고래고래 소리를 지르니 근방의 구경꾼이 우르르 모여든다. 깍쟁이 생활을 처음 할 때는 잡혀서 얻어터지고 짓밟히는 것이 겁났으나 여러 번 겪고 난 몸이라 이젠 이골이 났다. 제 놈도 망신당했으니 늘쩍지근하게 얻어맞았을망정 깍쟁이의 승리란 생각이 들어 과히 나쁘지만 않다.

날이 풀리니 사람도 풀려 거리에는 사람들로 만원이다. 싸구려를 외치는 사람, 비누를 파는 사람, 운수 점을 치는 사람, 산책을 나온 젊은 남녀, 구지레한 흰 두루마기에 뒷짐을 진 갓쟁이들까지 장바닥이 들썩인다.

구수한 냄새가 콧구멍을 쑤시고 들어오니 굶어 죽을 수는 없다고 회가 요동친다. 김이 무럭무럭 나는 만두를 움켜쥐고 뛰었다. 이럴 때는 키가 작고 발이 빠른 게 도움이 된다. 구석에 앉아서 만두를 우적우적 씹어 먹고 담배꽁초까지 서너 개 주워 피우고 나니 눈이 훤하다.

종로를 향하여 무거운 다리를 내딛는데 몰려선 사람 틈을 비집고 이리 비틀 저리 비틀하는 양복쟁이가 행인과 부딪쳤다. 운수가 대통한 날인지 신사의 세루 바지 주머니에서 돈주머니가 눈앞에 툭 떨어지는 게 아닌가! 냉큼 집어 골목으로 꺾어 든 후 다른 깍쟁이에게 휙 던지고 슬슬 걸어 나왔다.

전찻길을 가로지르려 할 때 대여섯 살 됨직한 계집애 손을 잡고 시장에서 나오는 키가 후리후리하고 얼굴이 넓적하게 생긴 맘씨 좋아 보이는 신여성과 마주쳤다. 어린애를 데리고 다니는 여자는 동냥 깡통을 걷어차지 않는다. 손을 내밀며

"아씨, 한 푼 줍쇼."
"아씨~"

왼편 귓바퀴를 붙잡아 끌고 '따라오너라' 한다. 아프기는 해도 이렇게 된 바야 끄는 대로 검불같이 딸려 가면 그만이다.

"내, 공짜로 밥을 줄 수 없지. 밥을 얻어먹으려면 추녀 밑에 있는 장작을 부엌으로 옮겨 쌓아라."

달아나려고 발을 떼는 순간 형수님의 목소리가 들리는 것 같아 멈칫했다. 묵묵히 시키는 일을 하고 품삯을 내라고 엉겨 붙으면 어쩔 것이야! 오늘은 땡잡았다.

시키는 일을, 대충하고 눈치를 보고 있으려니 부엌 한쪽에 찬밥 한 그릇과 김치, 장아찌가 놓인 상을 내밀었다. 얼마 만에 받아보는 밥상인가! 계집아이가 말끄러미 쳐다보고 있지만, 꾸역꾸역 잘도 넘어간다.

"너, 몇 살이니?"
"열한 살이요."
"부모님은?"
"부모님과 누나, 형도 있어요."
"부모가 있다면서 왜 집을 나왔냐?"
"길을 잃어서 찾는 중이에요."
"집 주소는?"

참 답답하기도 하지. 집 주소를 알았으면 내가 업신여김을 당

하거나 깡통을 들고 이집 저집 밥을 얻어먹으러 다니겠나. 우물쭈물하고 섰으려니,

"집 주소나 마을 이름이라도 알아야 찾을 게 아니냐."

따발총을 쏘듯 물어보는 것을 보니 궁금한 게 꽤 많은 눈치다.

집이 어딘지 가물가물하다. 앞에는 개울물이 흐르고 산비탈을 의지 삼아 초가집이 몇 채 모여 있는 곳이다. 마당 한쪽에는 검은 돼지가 꿀꿀대고, 앞마당 가에 채마가 있어 고추와 가지, 오이 호박, 같은 채소가 자라고 있었다.

큰길로 나오면 언덕길과 이어지는데 조금 올라 오른쪽 골목으로 태극기가 펄럭이는 학교가 있다. 가끔 형들을 따라 운동장에서 딱지치기하고 자치기를 하며 놀았다. 느티나무 사이로 저녁노을이 붉게 물들면 곧 어두워지고 늦게 들어가면 어머니한테 혼나기 때문에 딱지를 주머니에 넣고 달음질쳤다.

집에는 할머니가 계셨고, 아버지와 어머니, 누나와 형까지 많은 식구가 있었는데 어느 날 분홍치마저고리를 곱게 입은 형수라는 사람이 들어와 같이 살았다. 가끔가다 형수가 누룽지를 긁어놨다가 살며시 주던 기억도 난다.

작은할아버지 생신에 간다고 보따리를 든 어머니하고 작은누나와 함께, 한 참 걸어서 전차를 탔던 기억이 났다. 분명 영천 다음에 마포라고 해서 많은 사람 틈에 휩쓸려 내렸는데 내 곁에는

어머니나 누나가 보이지 않았다. 영천과 마포를 지나 청량리와 돈암동을 오가는 전차란다. 어머니를 찾아 이리저리 돌아다니기도 하고 전차를 타고 오르내려도 어머니는 물론 우리가 탔던 정류장도 보이지 않았다.

어느 상점 옆에 쭈그리고 앉아 눈물을 흘리는데 깡통을 들고 있는 형이 집을 찾아 준다며 손을 잡아끌었다. 둑길 밑에는 가마니를 친 움막이 있었다. 들어서자마자 좋은 옷을 입으면 굶어 죽기 십상이라며 옷에 구멍을 뚫어 흙바닥에 문지르고 신발을 뺏어갔다.

"너, 말만 잘 들으면 기술은 물론 글도 가르쳐 줄 테니 우리 공장에서 기술을 배우지 않으련?"

"기술을 익히면 돈을 벌어 독립해서 나갈 수 있고 장가도 갈 수도 있다."

"우리 공장에서 기술을 배워 독립해 나가 돈을 많이 버는 사람이 여럿 있다."

기술을 배우고 싶지만, 어린이라 내치고 떠돌이 거지는 믿을 게 못 된다며 거들떠보지 않는다. 배고픈 걱정 면하면 좋기는 한데 어디서 맞아 죽지 않았나, 사고가 나지 않았나. 깍쟁이들이 찾을까 걱정이 된다. 우물쭈물하고 눈치를 보고 있는데,

"조금 있으면 아저씨가 널 데리러 올 거야."

"공장에는 먹고 자며 기술을 배우는 사람이 서너 명 있는데 며칠 있어 본 다음에 정 네가 싫다면 붙잡지 않을 테니 가거라."

"우선 더께 앉은 때를 벗겨내고, 이나 벼룩이 옮으면 안 되니까 옷을 갈아입어야겠다."

"친정 동생이 입던 옷인데 네겐 좀 클 테니 걷어서 입어라."

시멘트로 지은 헛간에서 대충 씻고 나와 좀 크기는 해도 친정 동생이 입었다던 옷으로 갈아입으니 하늘을 날것같이 개운하다. 햇빛이 드는 툇마루에 걸터앉았는데 배가 부르니 잠이 솔솔 온다.

새 옷의 왼쪽 가슴에는 이름표와 손수건이 달려있고 책가방을 메고 학교에 간다. 책가방 안에서 새 책의 냄새가 솔솔 풍기고 달가닥 달가닥 필통에서 연필 구르는 소리가 난다. 줄지어 선 학생들 틈을 비집고 들어가니 예쁜 여자 선생님이 '박준영' 네 자리는 여기다. 하시며 줄 가운데 세워주신다.

"옆 사람과 손을 잡아요. 교실로 들어갑니다."

선생님 말씀에 손을 내밀었다. 갈래머리로 땋아 노란 방울이 달린 끈으로 멋을 낸 계집애가 생긋 웃고 있다.

"애, 일어나라, 너는 낮잠을 자면서도 복스럽게 웃는구나."

기지개를 켜며 일어서는 데 담 밖의 벚꽃이 함박 웃고 있다.

두꺼비

  뽀얀 얼굴, 가지런한 이, 포도알 같은 눈, 옥화 모습이 떠오를 때마다 숨이 콱 멎을 것만 같다. 옥화를 만날 길 없으니 편지라도 전해주려면 그 오라비인 두꺼비에게 공을 들여야 한다. 고향에서 학비와 하숙비가 오면 상전 같은 두꺼비 놈 뒤치다꺼리를 위해 극장이나 카페, 기생집으로 쏘다니기 일쑤다.

  같은 과 여학생들은 왜 그리 어리게만 보이는지. 학과 친구들이 정릉으로 놀러 가자 해도 시들하다.

  "공짜 표가 두 장 있는데 수업 끝나면 같이 영화 구경 가실래요?" 여학생이 청하면

  "이거, 죄송하게 됐습니다. 제가 선약이 있어서요."

나도 모르게 손이 머리로 올라가 긁적이며 우물쭈물하면 남의 속을 모르는 여학생들은 콧대가 높은 것을 보면

"시골에 땅이 많은 지주 아들인가 봐."

수군거리지만 못 들은 척 먼 산만 바라본다.

두꺼비 놈은 제 누이인 옥화에 정신이 팔려있는 내가 편지를 전해 달라고 보낼 적마다, 답장받아 온다고 장담을 하면서도 꿩 구워 먹은 소식이다.

화류계 사랑이란 본디 돈이 드는 것이니 이삼십 원어치 선물을 준비하면 직접 누님께 인사를 시켜주겠다고 하니, 친구에게 돈을 꾸고 전당포에서 양복까지 잡혀 종로로 갔다. 눈이 높은 옥화가 흡족해하려면 무엇을 사야 할까? 이 궁리 저 궁리하며 백화점을 도는데 진열장에서 눈부시게 반짝이는 금붙이가 눈에 들어왔다.

시험이 이틀 남아 발등에 불이 떨어졌으나 낙제나 면할까 하고 책상에 앉아 눈을 까뒤집고 책장을 넘기는데 아른아른 옥화의 얼굴만 떠오른다. 내가 옥화를 얻는다면 학교를 집어치워도 좋다는 생각으로 책을 덮은 후 거리로 나선다. 사십 원짜리 금반지를 품에 넣고 두꺼비를 만나러 가는 길이 결혼식장에 들어가는 새신랑만큼이나 가슴이 콩닥거린다.

두꺼비가 한 시간 후에 집으로 오라 했으니 거리를 좀 걷다 들어가면 옥화를 만날 것 같은 예감이 든다. 여러 번 편지를 보냈

고 금반지까지 주면 아무리 눈이 높은 옥화라 해도 내가 가서 붙잡고 조르기에 달렸다는 생각에 마음이 앞서가 발걸음이 빨라진다.

약속 시각에 맞게 대문 앞에서 목소리를 가다듬어 두꺼비의 이름을 불러도 대답은 없고 안채에서 남녀의 악다구니 소리만 들린다. 대문을 두드리며 더 크게 두서너 번 부르니 문이 삐걱 열리고 뚱뚱한 안잠자리가 중간 방을 가리킨다. 가끔 담뱃값이라며 몇 푼 집어주어 반기던 사람인데 안채를 흘끔흘끔 쳐다보는 기색이 오늘은 영 틀렸다.

방문을 쓱 여니 두꺼비가 떡메로 얻어맞은 놈처럼 방 한복판에 엎어져 고개를 들지 못한다.

'사람을 불러 놓게 이게 뭐람.'

두꺼비 등 뒤에는 채선이도 똑같은 모양으로 엎어져 있다. 채선이는 옥화가 수양딸로 데려다가 가무를 가르치며 부리는 아이다. 엎어져 있는 두 사람의 입과 코에서 푸르스름한 게거품이 흐르는 것을 보니 머리끝이 쭈뼛하도록 겁이 나 도망치고 싶다.

장승같이 서 있는 나에게는 늙은 옥화 어머니는 시선도 주지 않고, 도끼눈을 뜨고 대번에

"배가 터져 죽을 망할 자식아!"

"뒈질 테면 뒈져라, 어서 뒈져, 이 자식아!"

"너 잡아먹고, 나도 죽는다." 발악하며 매섭게 덤벼든다.

"집안을 망쳐놓은 것이 벌써 일곱 번째야."

"이 주리를 틀 놈아!"

"채선이 년 몸뚱이가 앞으로 몇천 원이 될지 몇만 원이 될지 모르는 금덩이 같은 계집인데 꾀꾀리 주물러서 버려놓아." 수양딸을 꿰차고 돌아치므로 옥화는 눈에 쌍심지가 올라,

"내 눈에 흙이 들어가지 않는 한 그 꼴은 못 본다."

"내 눈에 띄지 않게 나가서, 빌어먹어라."

옥화가 두꺼비와 채선이를 내쫓으려 하니 차라리 죽겠다고 약을 먹었단다.

나 자신이 도깨비에 홀린 듯하고, 꿈을 꾸는 듯하다. 잠시 후 채선이를 인력거에 태우고 온 집안 식구가 병원으로 달려가는데 두꺼비는 빈방에서 개밥에 도토리처럼 혼자 끙끙거리며 의사를 불러달라고 내 바짓가랑이를 잡고 매달린다.

제집에서는 개돼지만큼도 못 여기는 놈에게 눈물을 흘려가면서 누이와 좀 만나게 해달라고 애걸을 할 때 나의 체면은 다 잃은 것이다. 나는 얼빠진 등신처럼 멀거니 섰다가 정신없이 내려와 시계를 보니 통행금지 시간이 다 되어간다. 내일 치를 영어 시험을 생각하니, 머릿속에 쇠도끼를 쑤셔 넣은 듯 쿡쿡 쑤시고 영어 문장이 도통 머리에 들어오지 않는다.

"에라, 될 대로 되라지." 책을 덮고 이불 속으로 기어들어 갔다.

영어 시험지를 앞에 놓고 앉았는데 꼬부랑글씨가 눈에 들어오지 않고 머리가 빙빙 돈다. 집안으로 배달된 성적표를 보신 아버지는 단숨에 쫓아와 멱살을 잡고

"네 어미 금반지까지 팔아 학자금을 올려보냈건만 머리에 피도 안 마른 놈이 기생 맛부터 들여."
"집안 망칠 놈이구나!"
"차라리 시골 가서 땅이나 파먹으며 살자."
"어쩌다 네가 기생에 빠졌니?"

어머니는 눈물을 글썽이며 내 손을 잡으실 것이다. 시골에 끌려가면 옥화와는 영영 이별이고, 친구한테 빌린 돈은 어찌하나? 차라리 휴학계를 내고 가정교사 자리를 구해 학비를 벌어 복학하자. 학비를 벌어서 내 힘으로 졸업하면 아버지도 가상히 여겨 노여움을 푸실 것이다.

배를 깔고 엎디려 조간신문을 뒤적이며 가정교사 자리를 찾는다. 너무 어리거나 벅차지 않고 내 실력에 맞으며 보수도 괜찮은 집을 찾기는 하늘의 별 따기만큼 어렵다.

여러 날 광고지와 신문을 뒤진 끝에 간신히 입주 가정교사 자리를 구해서 들어갔다. 가정교사를 몇 번 바꾼 이력이 있는 뺀질이 같은 학생이다. 처음부터 빡빡하게 공부를 시키면 반발심이 일 것 같아 어르고 달래다가 자막대기로 책상을 탕탕 치며 윽박

지를 때가 있다. 쫓겨나지 않으려면 어린놈 비위 맞추고 주인 눈치 보아야 하니 돈 벌기가 쉽지 않다.

원하는 상급 학교에 합격하려면 눈에 불을 켜고 공부를 해도 모자라는 판에 책을 펴놓고 친구나 형처럼 놀아주는 일이 다반사다. 다행인 것은 그놈 머리가 좋아 이해력이 빠르고 기억력도 좋아 기대가 된다.

학생을 지도한 지 넉 달이 지나자 아이의 중간고사 성적이 몰라보게 올라갔다며 집안이 화기애애하다. 틈틈이 간식이 들어오고 옷 한 벌 맞춰 입으라는 특별 배려 금까지 받아 저절로 어깨가 펴진다.

'좋은 일에는 마가 낀다.' 더니 어떻게 알았는지 두꺼비 놈이 찾아왔다. 살이 쭉 빠져 외양부터 초라해 보이는데 걸음마저 비실비실한다. 약을 먹은 후유증으로 소화 기능이 떨어져 살이 빠지니 기운이 없고 밤이면 여기저기 쑤신단다. 그 많던 계집애들은 다 어디로 도망갔는지 눈에 띄지 않으니 살고 싶지 않다며 푹푹 한숨을 쉰다. 그새 십 년은 늙어버린 것 같다.

"내가 믿는 것은 너밖에 없다."

우리는 카페를 드나들고 영화 구경을 하며 우정을 나눈 사이니, 옛정을 생각해서 10원만 꾸어달란다. 놈이야 나를 끌고 다니며 우려먹었으니 좋았겠지만 나 자신이 병신 짓을 했다는 생각이

들어 화부터 난다. 눈치가 빠른 두꺼비는

"말이야, 바른 말이지. 누이는 금은보화를 싸 들고 오거나, 들어앉아 살림하면 집을 사준다는 부잣집 영감들이 줄을 섰다."

"경성에서 최고 인기 있는 기생인데 가난한 시골 학생의 연애편지와 그 깐 반지가 눈에 차겠냐?"

"몇 년만 기다려라."

"누이도 나이가 차면 갈 데가 없을 텐데. 그때 가서 취하면 되지 않겠니?"

"학생이 올 시간이라 오래 앉아 있을 수가 없네."

"내 어떻게든 마련해 볼 테니, 사흘 후에 만나세."

두꺼비가 돌아가고 학생과 마주 앉아 수학 문제를 풀고 있는데 문이 열리고 집안일을 돕는 아주머니가 전보를 들이민다.

'부, 위독. 속 래(速來). 요망.'

다리가 후들후들 떨리고 침이 바짝바짝 마르지만, 정신을 가다듬고 짐을 꾸려 경성역으로 달려갔다. 오늘따라 기차는 왜 그리 느린가! "아버지, 몇 달 전까지만 해도 정정하셨는데, 이게 원일입니까? 조금만 힘을 내셔요." 속이 타고 입술이 마른다. 새벽에 도착해 첫차를 타고 마을 어귀에 들어섰는데 조용하다. 아직 아버지가 살아 계신 것 같아 안심은 되나 그렇다고 마음을 놓을 수도 없어 발바닥이 부르트도록 뛰었다. 아버지를 부르며 댓돌 위로 올라서니 아버지께서 대청마루로 나오신다.

"급히 오느라 애썼다. 우선 방에 들어가 쉬어라. 아침밥부터 먹고 천천히 얘기하자."

성적표를 보신 아버지께 꾸중 들을 각오를 하고 면목이 없어 고개를 들지 못하고 이 궁리 저 궁리 하며 앉았다.

"네 성적표를 보고 아비는 생각이 많았다."
"나는 땅을 파며 살아도 너는 양복 입고 도회지에 살기를 바랐다."
"내가 평생 못 배운 한을 속에 품고 살다 보니 욕심이 과했나 보다."
"안 되는 공부 애쓰지 말고 정리해서 내려오너라."
"마침 인근 중학교에 선생 자리가 났다고 해서 부탁해 놓았으니 내려와 아이들을 가르치면서 살자. 네 혼처 감도 보아 놓은 자리가 있다."

고개를 숙이고 있는데 아버지의 말씀은 멀리서 들리는 매미 소리같이 귓바퀴를 맴돌고 눈앞에는 옥화의 모습만 어른거린다. 뽀얀 살결, 가는허리, 윤기 흐르는 검은 머리에 반듯한 가르마, 웃을 때마다 하얀 이가 보일 듯 말듯. 선녀의 환영이다.

경성을 떠나면 옥화와 인연도 끊어질 것이다. 두꺼비는 '기생 늙으면 갈 데 없다' 했지. 지금은 옥화가 본체를 안 하나

"늙어라."

세월은 흐른다. 기다리자.

만무방

가을이라 바깥마당에서 '웅~ 웅~' 탈곡기 돌아가는 소리가 나고 짚단을 나르고 볏짚을 쌓느라 와글거린다. 웅칠이가 이 동네에 들어온 것은 한 달이 조금 넘었다. 부쳐 먹을 농토는 물론, 계집도, 자식도 없는 웅칠이는 날이 저물면 남의 방앗간이나, 헛간, 타작을 끝낸 짚북데기 위에서 편히 잔다. 더 나이 먹기 전에 동생 발치에서 정붙이고 살아보려고 술과 담배를 끊고, 일손이 부족한 집을 스스로 찾아가 볏단이라도 나르며 일손을 거들며 끼니를 해결한다.

동네 사람에게 신세 지는 것도 싫고, 아픈 제수씨 보기가 민망해, 되도록 동생 집 근처는 안 간다. 진작 돈을 모았더라면 아픈 제수씨를 병원에 데리고 가보는데. 후회만 남는다.

응칠이도 오 년 전에는 아내와 아들이 있었고 집도 있었다. 한 꾸러미 송이를 따면 저녁거리를 기다리는 아내를 생각하며 좁쌀 서너 되와 바뀌어 어두운 고개를 터덜터덜 넘어왔다.

송이의 고장이나 가난한 사람들은 제 입에 한 개도 넣지 못하고 곡식과 바꾼다. 도라지 캐고, 송이 따고, 허리 펼 날 없이 농사를 지으며, 산과 들로 싸돌아다녀도 이것저것 갚고 나면 남는 게 없고 남의 빚만 늘어났다.

어느 날 신문지를 바른 벽에 '독이 세 개, 호미 둘, 낫, 밥사발, 짚 석단…' 세간 목록을 적은 뒤 빚을 얻어 쓴 사람의 이름과 금액을 쭉 적어 놓았다. '사십오 원을 갚을 길이 없어 도망갑니다. 열심히 벌어서 빚을 갚을 테니 우선 서로 의논하여 분배해가기를 바랍니다.' 하는 성명서를 붙이고 세 식구가 울타리 구멍으로 빠져나왔다.

고향을 떠나 이집 저집 밥을 빌어먹으며 일거리를 찾지만 쉽지 않다. 어느 날, 상엿집 구석에서 어린것에 젖을 물리고 있던 아내가 '육신 멀쩡한 젊은 놈이 품팔이라도 해야지, 빌어먹나' 마을 사람한테 손가락질을 받았다며, 셋이 붙어 다니다가는 굶어 죽기 십상이니 갈라져 빌어먹자 하였다.

밤새 곰곰이 생각해보니 아내의 말이 틀린 말이 아니다. 아내는 애가 달렸다 해도 인물도 그만하고 손끝이 여무니 어딜 가도 굶어 죽는 일은 면할 것이요, 내가 없어야 개가라도 할 것 아닌가. 몸 성히 젖먹이가 잘 크면 이다음에 연분이 닿아 만날지도 모른다는 생각이 들어, 날이 밝을 무렵 혼자 슬며시 떠났다.

뙤약볕에 엎디려 논맬 걱정. 호, 포 바칠 걱정, 빚 갚을 걱정, 식구들 밥 먹일 걱정에서 벗어나니 이만한 팔자도 없다는 생각이 들었다. 여러 고장을 옮겨 다니다가 그래도 사람의 정이 그리워서 하나 있는 동생을 찾아 이 동네로 왔다. 15년 만에 동생 집을 찾아왔지만, 내외만 사는데 무단침입한 것처럼 어색해서 편하게 앉지도 서지도 못하고 쩔쩔맸다.

농촌도 예전의 농촌이 아니다. 가을이면 탈곡기가 돌아가고 콩 타작하는 도리깨가 하늘을 가르며 기쁨이 넘쳐야 할 농촌인데 오랜 가뭄으로 흉년이 들어 조용하고 점점 살기만 띤다. 말다툼 끝에 낫으로 사람을 찍어 죽이고, 동전, 네 닢과 수수 일곱 되를 뺏기 위해 장 보고 오는 농군을 죽인 사건이 일어났다.

응오가 가꾸는 논은 마을 어귀에서 벗어나 산 중턱에 몇 마지기 있는 논 가운데 있다. 길에서 깊숙이 들어앉아 마을에서는 잘 보이지 않는다. 올해는 가물어 거둬봐야 손에 들어올 것이 없어 수확을 미루고 있었는데 그믐밤에 벼가 감쪽같이 없어졌단다.

논에는 아직 거둬야 할 벼가 남았으니 도둑맞았다는 소문이 나기 전에 놈이 한 번은 더 올 거라는 믿음을 갖고 응칠이는 어둑해지자 몽둥이를 잔뜩 움켜쥐고 바위 뒤에 몸을 숨기고 기다리는 중이다.

낮부터 매지구름이 끼어 끄느름한 날씨지만 구름 틈새로 햇빛이 언뜻언뜻 비쳐서 비가 온다 해도 먼지잼이나 할 정도겠지 여겼는데 그게 아니었다. 어두워지자 비가 추적추적 내리기 시작했다. 츠렁바위를 돌아 올랐을 때 갑자기 작달비로 돌변해 순식간에 옷이 흠뻑 젖어 들고 이가 덜덜 떨린다.

찬바람이 윙~윙 불고 우박까지 한두 개씩 떨어지는 산속에서 자정이 되도록 도둑놈을 기다리는 것은 고역이다. 얼어붙는 손을 비벼 겨드랑이 사이에 끼고 그만 내려갈까 망설이며 허리를 쭉 펴는데, 궂은날을 기회 삼아 얼굴을 수건으로 가리고 눈만 내놓은 놈이 맘 놓고 벼 이삭을 자르고 있다. 숨을 죽이고 기다리다가 놈이 안심하고 일을 마친 후 봇짐을 짊어지고 달아나려 할 때 달려들어

"이 자식, 남의 벼를 훔쳐!"

응칠이는 고함에 놀라 논둑 밑으로 데굴데굴 굴러떨어진 놈을 덤벼들어 허리께를 조겼다.

"어이~ 쿠, 쿠!"

처참한 비명에 귀가 번쩍 뛰어 얼굴 가렸던 수건을 확 잡아당기니 응오가 우두망찰 서 있다.

"형님까지 이렇게 못살게 굴기요."

멍하니 서 있는 형을 비켜 마을 쪽으로 비실비실 사라진다. 오죽했으면 이런 짓을 할까! 내걸 내가 훔쳐야 하는 그 운명이 얄궂다. 아우의 처지가 딱해 눈물이 흐른다.

응오는 어려서 부모님을 잃고 문전걸식하며 자랐다. 그래도 맘이 착하고 바지런해, 커서는 이집 저집 일을 거들어 주며 이 동네에 정착하였다. 응오가 장가들었을 때는 얼마나 기특했던가! 노름과 도둑질로 감옥을 드나드는 나를 닮지 않고 남의 농토지만 착실하게 농사지으며 살고 있다. 삼 년 동안 머슴을 살면서 새경을 받는 대로 모아 장리쌀 놓고, 한 푼도 흩트리게 쓰지 않고 모았다.

안팎이 바지런해 살림이 느는가 싶었는데 신접살림을 꾸민지 일 년 만에 아내가 비실비실 앓기 시작했다. 돈만 있으면 폐병이고 염병이고 알 바 못 되지만 가난한 살림에 의원 한 번 뵐 처지가 못 된다. 진실한 농군이나, 아내 병치레에 도지 제하고, 장리쌀 제하고, 세곡 내면 빈털터리다.

아내가 병만 들지 않았어도 이 지경은 안 됐을 텐데. 달포 전에는 마지막 소원이라는 아내의 말대로 빚까지 내서 굿을 했다는 소문이 돌았다. 물에 빠지면 지푸라기라도 잡고 싶은 심정을 모르는 것은 아니나, 폐병에 무당굿이 무슨 효험이 있겠는가!

산신을 부린다는 노인이 응오를 동정하여 '십오 원만 드려 산신께 치성을 드리면 아내의 병을 씻은 듯이 낫게 해주겠다.' 하던 말이 떠올랐다.

"가당키나 한 말이냐?"

치성드려 날 병이 아니라고 면박을 주었지만, 돈을 구하지 못한 응오는 얼마나 애가 탔을까? '공자는 부족함을 걱정하지 말고, 고르지 못함을 걱정하라' 했건만 농부들은 돼지보다 적게 먹고 소보다 일을 많이 하고, 닭보다 먼저 일어나는데도 가난을 면하기 어렵다.

비를 피해 상엿집에 들어가 누워 잠을 청하는데 빗소리 때문인지 부질없는 생각만 이어진다. 사내로 태어나서 처자식을 먹이지 못하고 버린 놈, 조선 팔도에 어딜 가나 반기는 사람 하나 없이 당장 내일 아침 끼니를 걱정하는 못난 놈. 광산이나 산판같이 힘쓰는 일도 못 하고, 뚜렷한 기술도 없고.

응오에게 형다운 모습 한번 보이지 못하고 이 마을을 떠날 때가 온 듯싶다. 불현듯, 고개 넘어 투실투실한 황소 모습이 떠오른다. 윤기가 도는 털, 굵은 뿔이 곧게 쭉 뻗었으며 어깨는 떡 벌어지고 다리가 튼실해 힘깨나 쓰는 놈 같다.

이 방면에도 이골이 났으니 한 번 더 감옥에 간들, 애석해할 사람도 없으니, 콩밥 한 번 더 먹어 동생을 구할 수만 있다면… 누런 황소 생각을 하는데 발길은 이미 고개를 오르고 있다. 비가 내리는 날은 그림자가 생기지 않고 어지간한 소음도 빗소리에 묻히며 산 짐승도 돌아다니지 않고 굴속에 있으니 하늘이 내게 준 마지막 기회가 온 것 같다.

농촌의 외양간은 허술하기 짝이 없다. 슬쩍 담을 타 넘어 외양간으로 들어가니 자던 소가 눈을 껌벅이며 성큼 일어선다. 살며시 다가가 엉덩이를 슬슬 긁어준다. 소는 가끔가다 꼬리를 한 번씩 휘저을 뿐 경계의 빛을 띠지 않는다. 등을 긁기에는 가느다란 나뭇가지가 제격이라 가느다란 나뭇가지 몇 개를 주머니에서 꺼내 옆구리를 살살 긁으며 살며시 목에 단 방울을 떼어낸다. 개는 아무리 달래고 얼러도 낯선 사람을 보면 달려들거나 짖고, 닭도 날개를 퍼덕이며 꽥꽥 소리를 지르는데 소는 목덜미를 긁으며 고삐를 슬쩍 잡아 잡아당기니 움칫움칫 따라나선다. 비가 들이친 대문도 "삐걱" 소리가 나지 않으니 일이 술술 풀린다.

날이 밝기 전에 마을을 벗어나려면 서둘러야 한다. 마음이 급하니 발에 날개를 달았다. 고개를 몇 개 넘어 깊은 산속으로 들어가야 안전하다. 날이 밝으면 소에게 풀을 뜯어 먹인 후 나무에 매어 놓았다가 밤을 이용해 움직여야 안전하다. 걷는데 이골이 난 놈이니 멀리 갈 수 있다.

하루라도 놀고먹을 수 없는 농촌 사람들은 소도둑을 잡는다고 온 마을이 뒤집혀 난리를 치다가도 며칠 지나면 제각각 일터로 돌아가 조용해지리라.

소도둑을 잡겠다고 근처 우시장을 돌다 지치면 쉬 일내 포기하리란 생각으로 깊은 산속에 숨어 맘껏 풀을 뜯게 했다. 근 보름 동안 일을 안 하고 풀을 맘껏 뜯어 먹어서인지 털이 반들반들 윤기가 흐르고 늠름해졌다. 열사람 몫을 능히 해낼 만한 젊은 소니

누가 보더라도 탐을 낼 만하다. 일찌감치 우시장 말뚝에 소를 묶고 거간꾼을 기다린다.

"그놈 참 힘깨나 쓰게 생겼다."
"1,000원을 받아야겠지만 내가 워낙 급한 사정이 생겨서 싸게 팔려고 합니다."

우시장의 눈길이 모이자 더 욕심을 내지 않고 800원만 달라니 장이 서자마저 쉽게 팔렸다.

우선 허름한 조선 옷을 사 입고, 배가 불룩하도록 국밥을 먹은 다음 막걸리 한 병과 떡 한 덩이, 엿 한 덩이를 사서 허리춤에 묶고 산길로 들어섰다. 바위 그늘에서 낮잠을 늘어지게 자고 나서 해가 꼬리를 감출 때 산 능선을 따라 민가를 향해 걷는다.

새벽닭이 울 즈음 마을로 들어서니 응오네 집에서 불빛이 새어 나오고 있다. 거친 숨소리가 들리고

"우리 인연은 여기서 끝나나 보오. 부디 좋은 곳에 가시구려."
"큰 약 한 첩 써보지 못했으니 미안하오."
"다음 생은 병 없이 부잣집에 태어나서 아들딸 낳고 잘사시오."

오늘이 마지막 밤인가 보다. 울먹이는 응오의 목소리에 가슴이 쩌릿하다. 600원을 헝겊에 둘둘 말아 댓돌 위에 있는 응오의

신발 속에 넣고 가만히 사립문을 나선다.

"응오야, 어디 가면 이만 못하겠니? 피붙이 하나 없는 이 마을
에 미련 두지 말고 떠나거라."
"우리는 피를 나눈 형제가 아니냐, 몸만 성히 있으면 인연이 닿
아 또 만날 게다."

첫닭이 운다.

야앵夜櫻

벚꽃이 한창이다. 창경원에는 밤 벚꽃을 보려는 사람들이 꾸역꾸역 모여든다. 서울 사람들은 가족과 벚꽃 놀이를 하기 위해 일 년을 산 것처럼 야단법석이다.

카페 여급인 경자와 영애, 정숙이도 창경원으로 밤 벚꽃 구경을 갔다. 얼마 만에 얻은 자유인가! 컴컴한 지하에서 꽃이 피는지 눈이 내리는지 모르고 세월이 간다.

사람에 취하고 벚꽃에 취해 정신을 못 차리는 경자와 달리 정숙의 눈에는 부모와 함께 온 아이들 노는 모습만 눈에 들어온다. 우리 모정이도 저만큼 컸을 텐데. 세월이 약이라 하지만, 어미가 어찌 자식을 잃어버리고 편히 밥 먹고 잘 수 있겠는가! 삼년 전에 잃어버린 '모정'이만 생각하면 눈물이 샘솟듯 솟는다.

"삼 년 동안 얼마나 컸을까?"

"엄마의 얼굴을 기억할까?"

"살아만 있어 다오. 내가 너를 잊지 않는 한 언젠가는 만날 수 있을 거야."

정숙은 한때나마 세 식구가 단란하게 살던 옛 생각에 잠겼다. 남편이 순사로 근무할 때는 점잖았고 내외간에 의도 좋았는데 직장을 잃은 후부터 딴사람으로 변했다. 말없이 집을 나가면 술에 절어 오밤중에 들어오는 날이 계속되었다. 딸이라면 깜빡 죽을 만큼 딸 바보인 남편이니 차츰 마음을 잡겠거니 눈치를 보며 참을 만큼 참았다.

주인은 보증금을 다 까먹고도 방세가 석 달이나 밀렸는데 언제 줄거나. 하며 볼 때마다 재촉하고, 어린애까지 굶길까 봐 애가 타는데 집안 살림에는 손톱만큼도 관심 없다. 어디를 쏘다니는지 한밤중에 들어와 말 한마디 없이 쓰러진다.

맑은 정신이면 말이 통하겠는데 술에 절어 쓰러지는 사람을 붙잡고 말해봐야 쇠귀에 경 읽기다. 참다 참다 어느 날은 분통이 터져서 차마 입에 담을 수 없는 말을 퍼부었는데도 묵묵부답이니, 괘씸하고 얄밉기만 해서

"난 내대로 벌어먹을 테니 민적을 가릅시다. 어린 것은 내가 데리고 살겠소."

악을 썼더니 남편은 묵묵히 집을 나가 '당신 말대로 이제는 이혼 절차가 됐으니 당신 갈 대로 가시오' 하는 엽서 한 통을 보낸 후 연락을 끊었다.

정숙은 산 입에 거미줄을 칠 수 없어 직장을 구하러 신문을 뒤지고 이리저리 다녀도 아이까지 받아주는 곳이 없었다. 그렇다고 아이를 맡길 피붙이가 있나 돌봐줄 만한 사람을 구할 처지도 못 된다. 방세도 방세지만 당장 끼니를 걱정해야 하니 고민 끝에 어린 것을 집에 혼자 두고 카페에 나갈 수밖에 없었다.

쥔 여자에게 어린애가 어디 가나 좀 봐 달라고 신신당부하며 과잣값을 주고 출근을 했다. 어느 날 해가 넘어갈 때 들어오니 방안은 아침에 나갈 때 모습 그대로인데 애만 감쪽같이 없어진 것이다.

미친 듯이 모정이를 부르며 시장과 거리를 헤매고 다녔다. 어미는 속이 타들어 가는데 주인은 애들 노는 것을 일일이 쫓아다닐 수는 없지 않냐며 태연하다. 쉬는 날이면 전단을 돌리고 서울에 있는 아동보호시설을 이 잡듯이 뒤지고 다녔다. 혹시나 모정이가 옛집을 기억할지도 모른다는 생각에 삼 년이 지나도록 언덕 꼭대기에 있는 셋방을 벗어나지 못하고 있다.

남의 속도 모르고, 애가 달렸으면 취직하기 힘들고 재혼하는데 걸림돌이 되는데 외려 잘됐다는 사람이 있는가 하면, 더 늦기 전에 시집가라며 중매를 서는 사람도 있다. 어미 맘이 어디 그런가! 그 말은 귀에 들어오지 않고 오직 모정이 찾는 일에만 매달렸다.

　많은 사람으로 북적거리는 창경원 안은 오색 등이 나무들 사이로 아련히 비치고 분홍 커튼을 친 듯 황홀하다. 가족이나 연인과 같이 벚꽃 아래를 산책하거나 도란도란 모여앉은 모습이 행복해 보인다. 경자와 영애는 벚꽃 향기에 취해 콧노래를 웅얼거리며 시간 가는 줄 모르고 있지만, 정숙은 '모정'이 또래 계집아이에 눈을 떼지 못하고 있다. 어쩜, 단발머리를 한 계집아이의 눈매가 모정이를 닮았는지. 주춤주춤 다가가

　"애야, 너 몇 살이니?"
　"네 이름이 모정이지?"
　"모정아 내가 너의 엄마인데 모르겠니?"

　머리를 쓰다듬으려 하자 비슬비슬 일어서더니 곧장 달아나버린다. 그때 흰 두루마기에 중절모를 쓴 남자가 쿨룩거리며 다가와 계집애를 번쩍 안고 돌아선다. 후리후리한 키, 구부정한 그 어깨. 옆모습이 삼 년 동안 소식 없던 남편이다. 미운 정도 정이라고 손톱만 한 정도 남아 있지 않다며 진저리쳤던 그 사람을 보는 순간 눈물이 앞을 가린다.
　흰 두루마기를 구지레하게 걸쳤을망정 계집애만은 깨끗하게 입혔다. 어미한테서 고생할 때보다 부쩍 자랐고 토실토실 살이 오른 것을 보니 애를 위하여 아버지가 데려간 것이 천행인 듯싶다.

모정이가 밤새 열이 났다거나 양식이 떨어졌다 해도 못 들은 척 술만 퍼마셔 폐인인 줄 알았더니 그래도 제 자식이라고 몰래 훔쳐다가 이렇게 데리고 다니는 것을 보면 그 속은 하늘만 알겠다.

모정이를 부르며 뛰어가 앞을 가로막으니 장승처럼 서서 눈만 껌벅거리고 있다. 긴 이야기가 듣고 싶어 한적한 곳을 찾는데 폐장할 시간이 되었으니 서둘러 나가달라는 안내방송이 재차 나온다. 경자와 영애가 나가자며 손을 끌어 겨우 주소만 받아들고 나왔다.

"경자야, 그 애가 틀림없는 모정이였어."
"그럼 그 옆에 섰던 두루마기 입은 남자가 남편이니?"

고개를 끄덕이자

"애, 홀아비 냄새가 난다. 애만 데리고 온걸, 보니 틀림없어."
"잘됐다. 아까 주소를 받던데 내일 찾아가 보면 알겠구나."

맥주를 한 잔씩 하며 오늘 밤은 실컷 놀자는 경자와 영애의 청을 거절하고 돌아왔다. 좀처럼 잠은 오지 않고 아비 뒤에 몸을 가리고 서서 곁눈질하던 모정이만 아른거린다.

밤늦게 들어와 쓰러진 사람을 멱살잡이하여 일으켜 들볶던 일, 어제는 밤늦게까지 잘 먹었지, 않았냐며 콩나물 죽그릇을 빼앗던 일, 모두가 후회뿐이다. 모정이도 예전의 기억이 떠오를 때마다 어미가 탐탁지 않으리란 생각이 들어 설움이 복받쳤다.

구지레한 입성에 혼자 아이 손을 잡고 벚꽃 구경 온 걸 보니 틀림없이 재혼은 하지 않은 눈치다. 아이에게는 엄마가 필요할 테고, 사람의 일이니, 잘못을 빌면 같이 살자 할지도 모르리란 생각이 들어 조금은 위안이 된다.

순사로 다닐 때는 이웃들도 점잖은 양반이라 칭찬했고 잔정도 많았다. 아낙네들이 흉을 봐도 못 들은 척 공동 수돗가에서 물을 길어 왔고, 아내가 병이 나면 제 손으로 약을 대려다 바치고 다리미질을 할 때마다 땀을 흘리며 붙잡아 주던 사람이다.

없는 살림에 입덧할 때는 철 이른 과일을 대신해 과일 통조림이라도 사 오겠다며 전차를 타고 남대문까지 다녀왔던 사람. '모정' 이를 낳았을 때. 딸은 살림 밑천이라며 얼마나 좋아했던가! 한 이레 동안 미역국을 끓이고 설거지를 해주던 사람이다.

감옥에 갔던 동료가 앙심을 품고 투서를 해서 억울하게 직장을 잃었으니 제 맘인들 오죽했겠나! 친정에 가서 아쉬운 소리를 하는 것도 한두 번이지 양식이 떨어지니 짜증부터 났다. 내외간에 정은 뒷전이고 원망하는 마음이 앞섰다.

날이 밝자 모정에 입힐 옷 한 벌과 찬거리를 몇 가지 사서 일러 준 주소를 들고 비탈길을 오른다. 아무리 달동네라 해도 서울에서 이렇게 집 찾기가 힘든 줄이야! 신접살림도 골목을 한참 지나 이런 비탈에서 밥솥과 숟가락 몇 개, 대접 몇 개로 시작했다. 그

때는 이렇게 좁은 골목에 들쭉날쭉한 주소가 있는지 모르고 지냈다.

주소와 문패가 없는 집이 더러 있어 만나는 사람마다 주소를 들고 물어도 대답이 영 신통치 않다. 반나절 넘게 다리품을 팔며 골목을 뱅뱅 돌다 제비집 같은 대문을 두르리니 늙수그레한 노인이 나와 말없이 손가락으로 가리킨다.

방문을 열고 휘둘러보니 제법 정갈하다. '홀아비살림은 이가 서 말이라는데' 몇 개 안 되는 부엌살림도 제법 갖추고 있다.

"모정아, 네가 모정이 맞지?"

새 옷을 내밀어도 계집아이는 아비의 등 뒤에 숨어 말똥말똥 쳐다보기만 한다.

"모정아, 엄마야."

꼭 껴안아 보고 싶은 생각이 간절하지만, 아이가 놀랄까 봐 엉거주춤 손만 내밀었다. 열 달 동안 뱃속에 품었고, 네 살이 되도록 키웠건만 그새 어미를 잊고 낯선 사람 대하듯 피하는 아이에게 서운한 마음도 든다.

"내가 억울하게 직장을 잃은 화풀이로 매일 술을 마시고 당신을 힘들게 했구려."

"아침상에 올라온 멀건 콩나물죽을 보니 세 식구가 이리 살다 가는 굶어 죽을지도 모른다는 두려움에 집을 떠났소."

"직장 다닐 때 안면 텄던 사람들에게 술을 얻어먹으며 걸식을 하던 어느 날 그래도 내 핏줄이라 모정이가 보고 싶었소."

"잠깐 얼굴만 보고 오려고 찾아갔더니 어린 것이 혼자 손가락을 빨며 놀고 있었지. 옆에는 말라붙은 밥그릇과 물그릇이 있었고."

"사람이 그리웠는지 아비라고 품으로 달려드니 차마 혼자 두고 나올 수가 없었소."

"편지라고 한 장 써 놓고 나올까 하다."

"아이가 없어야 당신도 새 출발을 할 수 있겠다는 생각이 들었소."

"나 같은 놈 만나지 말고 잘 살기를 바랐는데 왜 아직 혼자 사는 거요?"

"내 눈은 어디를 가나 모정이 만 찾았지요."

"누군가 아이를 원해서 데려갔다면 잘 키우고 있으리란 생각이 들면서도 삼 년 동안 수색원을 내고 찾아다녔어요."

"열심히 살면 언젠가 모정이를 만났을 때 떳떳하게 나설 수 있다고 믿었어요."

"찬거리를 좀 사 왔으니 얼른 밥을 지어 올릴게요."

"고맙소."

"쉬는 날, 삶은 달걀과 주먹밥을 가지고 창경원에 벚꽃놀이 갔던 일 생각나셔요."

"우리 벚꽃이 다 지기 전에 모정이 손잡고 벚꽃 구경 갑시다."

"경자한테 카메라가 있으니까 빌려다 모정의 고운 모습을 사진으로 남겨주고 싶어요."

야경을 보고 있으니 언덕을 올라오는 바람이 상큼하고 체증이 뻥 뚫린 듯 후련하다.

손에 잡힐 듯, 별똥별이 우~우 쏟아진다.

산골나그네

"으흠! 큼, 큼."
"밭은기침을 조금만 참고 힘을 내 봐요."
"임자나 어서 가!"
"낭떠러지가 있는 험한 곳은 산 짐승도 피한다니 저 바위 밑까지 가서 쉽시다."

달을 등불 삼아 산길을 걸으니 진솔 옥양목 겹바지, 저고리, 조끼를 입었어도 땀이 비 오듯 흘러내려 한기를 느낀다.
바위 뒤에 가랑잎 이불을 덮고 웅크린 채 남편과 몸을 맞대고 찬 몸을 녹이고 있으니 하늘에는 별이 총총하고, 굶주린 짐승이 질러대는 소리가 "워~ 엉, 우~웅~" 까마득히 들린다.
하늘도 무심하시지, 남한테 못 할 짓 하지 않았는데, 이 넓은 하늘 아래 우리 두 사람 발 뻗을 방 한 칸 없고 내일 아침 끼니 걱정을 해야 하니. 서러움이 복받쳐 눈물이 비집고 나온다.

　팔베개하고 누웠으나 잠은 달아나고 삼삼하게 고향 생각이 떠오른다.

　"생각나요? 조 밭매다 지치면 잠시 개울에서 가재 잡고 등목하던 일."

　"혼인 말이 오간 후 처음 인사 갔을 때 당신은 몽글몽글 피어나는 목화송이 같았소."

　"정원 보름날 달구경 하다 마주쳤고, 향긋한 냉이를 바구니 가득 캐서 돌아오다 마주쳤을 때는 가슴이 콩닥콩닥 뛰었지요."

　"훤칠한 키에 인물까지 좋아, 저분과 짝을 맺게 해달라고 정화수 떠 놓고 빌고 싶었어요."

　"초례청 앞에서 동기간에 우애 있고, 아들과 딸 잘 키우며 착하게 살겠다고 월하노인과 약속했답니다."

　"고생만 시켜서 미안하구려."

　봄이면 찔레순 꺾어주고, 아람 밤 주워다 아궁이에 구워주던 자상한 사람이다. 남편이 병만 들지 않았어도 세간날 때 받은 손바닥만 한 밭은 팔지 않았을 것이다. 이년이나 약을 장복하여도 병은 차도가 없고 이집 저집 꿈질하고 갚지 못하니 보리 한 됫박 꾸어달랄 염치가 없다. 차라리 모르는 곳에서 빌어먹자 남은 살림을 톡톡 털어 돈과 바꾸어 들고 나선 것이 넉 달 전이다.

아침 해가 얼굴을 내밀자 등허리를 기댄 바위가 따뜻하다.

"강나루 앞 솔숲까지 가서는 모르는 사람처럼 저만큼 떨어져 걸어요. 강만 건너면 쫓아오는 사람도 없겠고, 장터로 통하는 지름길이 있으니 힘내보셔요."
"그곳은 사람이 많이 사니까 살아갈 방도를 찾을 길이 있을 거예요."
"입가심이라도 하게 머루나 다래가 있나 살피고. 가을 뱀은 독이 많다니까 발밑도 조심하세요."
"이쪽은 내가 잡고 있으니 지팡이를 의지해 조금씩 발을 떼어 봐요."

천근 되는 남편을 부축하여 고갯길을 내려가느라 입에서 단내가 난다. 무슨 말인가 지껄여야 남편이 의식을 잃지 않겠지만, 침이 말라 아무 소리도 나오지 않고 혀만 구른다.
주저앉은 남편은 잡았던 손을 놓고 어서 가라고 등을 떠민다. 감았던 눈을 치켜뜨면서 빈손으로 허공을 휘젓더니,

"후우~ 갸르. 가륵~."

가래 끓는 소리가 나며 숨을 몰아쉰다. 아! 한 모금 마실 물이라도 있었으면! 옷을 꼭꼭 여며주자 남편은 손을 꼭 잡더니 주르르 눈물을 흘린다.

"들퍽지게 이밥 한 번 못 먹고 늘 허기진 배를 끌어안고 산 사람. 마음이 여려서 벌레 한 마리 함부로 죽이지 못하고 고생만 하였으나, 이제는 다 잊고 저승 가서 편히 쉬십시오."

속으로 빌고 또 빌었다.

"당신은 착하게 살았으니 좋은 곳에 가실 게요."
"훗날 내가 찾아가면 반갑게 맞아 주셔요."
"다음 생에는 아들딸 낳고 글 읽으며 오순도순 살아봅시다."

저승 갈 옷이나마 깨끗하게 입었으니 그나마 손톱만큼이라도 아내의 도리를 한 것 같아 조금은 위안이 된다. 큰 나무 밑에 돌을 주워 표시해놓고, 가랑잎 이불을 덮은 후. 주, 포가 빠진 채 절을 하고 돌아서는데 삭신이 녹작지근하고 축 처지는 게 비명비열하다. 산목숨은 살아갈 방도를 찾아야 한다.

강을 건너 이집 저집 밥을 얻어먹으며 일할 곳을 찾고 있는데

"저 모퉁이를 돌아서면 국밥집이 있는데, 일할 사람을 구한다는 말을 들었으니 가보시오. 젊은 처자가 밥을 구걸하러 다녀서야 쓰겠소."

부끄러워 고개를 숙이고 모퉁이를 돌아 국밥집에 주뼛주뼛 문

을 열고 들어서며

"저, 일할 사람을 구하신다고 하셔서….."
"우리 집은 늦게까지 손님이 있고 새벽 장사도 해야 하니 잠자는 사람이 필요해요."
"가족 없고 의지할 곳도 없어 이리저리 얻어먹고 댕겨유."
"먹여주고 재워주신다면 열심히 일할게유."

아래위를 쓱 흘어보더니

"올해 몇 살이요?"

스무 살이면 한 참 필 나인데, 몸이 야위었고 외양부터 시든 걸 보니 고생깨나 했나 보다. 당장은 조막손이라도 빌려야 할 처지니 우선 며칠 일을 시켜 본 후 사람 됨됨이를 보고 결정해도 늦지 않으리라.
젊은 나이에 집도 절도 없다니 어쩌면 더 나은지, 모르겠다. 첫인상은 되바라지지 않아 보이는데 사람의 속을 알 수 있나. 사람이 자꾸 바뀌면 음식 맛이 변하고 단골도 떨어지니 정직하고 성실했으면 좋겠다. 이어지는 생각을 접고

"우선 푹 쉰 다음 내일 아침부터 일합시다."

부엌에 붙은 쪽문을 여니 몸 하나 겨우 누울 만큼 작고 어둑한 방이 있다. 내 체격보다 좀 작은 듯하니 어지간히 맞겠다며 갈아입을 옷 한 벌을 주고 짐짝처럼 떠민다. 국밥 냄새에 회가 요동 처서 침을 삼키며 천장을 멀뚱히 보고 누워있으니 며칠 동안 꿈을 꾼 것 같다.

온종일 손에 물 마를 새 없이 부엌일로 동동거리고 나면 힘에 부치지만, 짠지에 밥을 맘껏 먹을 수 있으니 그것만 해도 호강이다. 차츰 식당 일이 익숙해지자 버캐 낀 머리칼에 윤기가 돌고 스무 살 얼굴이 복사꽃 같이 피어난다. 드나드는 사람들 얼굴을 익히자

"등 긁어줄 남편 있고 자식이 있어야 늙어서 고생 면하지."

농사를 조금 짓는 성실한 사람인데 이태 전에 상처하고 딸이 하나 있으니, 그만한 자리도 흔치 않다. 더 나이 먹기 전에 한번 만나 보라며 부추긴다. 살림할 집 마련해 줄 테니 소실로 들어오라고 치근대기도 하고, 편한 일자리를 알아봐 주겠다는 사람도 있다.

한 달에 두 번 문을 닫는 날이면 영화 구경하고 청요리 시켜 먹자. 벚꽃 구경을 가자. 풍광 좋은데 서 소주 한잔하면 속이 툭 터지니 바람 쐬러 가자, 꼬드기거나 슬쩍 크림 한 통을 놓고 가는 사람도 있다.

이 사람 저 사람 집적대지만, 문밖출입을 안 하고 꼭 한번 남편 제삿날은 무슨 일이 있어도 절에 가서 천도재를 지낸다. 세상에 왔다가 고생만 하고 핏줄 하나 남기지 못한 불쌍한 사람이니 내 생전만이라도 정성껏 제사를 지내줘야, 혼이라도 구천을 헤매지 않고 좋은 곳으로 갈 것 같다.

주인이 돈이란 자꾸 굴려야 는다며 번호계를 들란다. 장사하는 사람끼리 하는 번호계라 안전하고, 시작이 반이라고 서른 번은 금방 지나간단다. 앞번호는 납부금이 많고 뒷번호는 적어서 둘을 묶어서 주는데 앞 번호는 내가 타서 굴린다며, 부담이 적은 뒷번호를 주었다. 계를 타서 저금하고 이자를 받아 또 계를 드니 돈이 새끼를 쳐서 눈덩이처럼 불어난다.

쉬는 날은 주방 청소는 물론 재료창고까지 정리하고 나면 적당히 피곤해서 잠이 잘 온다. 나갈 일 없으니 수중에 돈이 모이고 속도 편하다.

가난한 사람은 쉬지 않고 일해야 먹고살 수 있으며 끊임없이 멸시받으며 산다. 내 장사를 하면 치근대거나 업신여기는 사람이 없겠다는 생각이 들어, 수중에 있는 돈에 맞는 장소를 물색하는데 이왕이면 손에 익은 국밥 장사를 하란다.

주인은 밑천이 적은 내 형편에 맞게 가게 터를 알아봐 주고 재료상에 일일이 인사를 시키며, 우리 막냇동생이 분점을 차렸으니 나를 믿고 외상이라도 좋은 물건으로 바로바로 배달해 달라고 부탁을 한다.

비록 외진 곳이지만 조그만 가게 하나 얻어 부엌세간을 들여놓고 나니 부자가 된 것같이 뿌듯하다. 이런 날은 남편 생각이 더 난다. 지금만 같아도 큰 의원에 가서 치료받아 병을 고칠 수 있었을 텐데…….

　살림살이가 없으니 따로 방을 얻을 필요 없이 장사 끝낸 후 가겟방을 치우고 이불 펴고 누우면 그만이다. 먹는장사라 단골이 늘려면 맛이 좋고 인심도 후해야 한다. 인근에 있는 공사장 사람들 밥을 먹이기 위해 하루도 쉬는 날 없이 문을 연다. 일꾼들의 밥은 꾹꾹 눌러 담고 뜨거운 국에 고깃덩이 하나 더 넣고 김치를 수북이 담아 슬쩍 밀어주니 문전성시를 이룬다. 저녁이면 다리가 퉁퉁 붓고 허리가 쑤셔 돈을 세는 일도 잊고 쓰러졌다.
　갑자기 수은주가 곤두박질친, 때문인지 등 허리께로 찬바람이 솔솔 들어 일찍 가게 문을 닫았다. 한잠을 자고 났는데 온몸이 사시나무 떨듯 떨리며 팔다리를 움직일 힘조차 없다.
　약을 사다 줄 사람은 고사하고 물 한 모금 떠다 줄 사람이 없다. 이대로 생을 마감한다면 제삿밥은커녕 울어줄 사람 하나 없는데 내가 왜 이 고생을 하나! 사람의 온기가 그립다. 의지할 피붙이나 옛 사달라고 떼쓰는 새끼라도 하나 있었으면.

　덕돌이!
　하루지만 부부의 연을 맺었으니 남편이고 시어머니가 아닌가! 어머니와는 모녀처럼 한 이불 덮고 몸을 녹였고, 덕돌이와 신방을 차린 날은 은가락지까지 손가락에 끼워주고 국수 삶느라 신바람을 일으키셨다. 손주 안아보고 싶은 기대를 저버리고 남편의 진솔옷까지 들고 내뺐으니 얼마나 상심이 크셨을까?

덕돌이가 장가를 갔다면?

사람을 시켜 알아봤더니 어머니는 장사밑천이 달리니 외상값 독촉으로 손님이 끊겨서 모자 삶이 더 궁색해졌단다. 명주로 바지저고리는 물론 두루마기까지 지어 놓고, 어머니께 드릴 은가락지를 보자기에 싸서 들고 나섰다. 죄 많은 년 받아 주실 때까지 손이 발이 되도록 빌어야겠다.

보따리를 옆에 낀 체, 쭈뼛대며 툇돌을 오르니 귀신이라도 찾아왔나 싶은지 눈을 비비신다.

"어머니 저 왔습니다. 말없이 집을 나가 큰 걱정을 끼쳤으니 용서해 주셔요."

"품 팔고 막걸리나 팔아 언제 돈을 모으겠나 싶은 생각에 경솔하게 집을 나왔습니다."

큰절을 올렸다.

"장거리에서 국밥 장사를 해서 돈을 좀 모아 놓고 어머니와 서방님을 모시러 왔습니다."

"예서 살기를 원하시면 농토를 장만해 드리고, 읍내에서 함께 살기를 원하시면 집을 장만해 놓은 다음 모시러 오겠으니 어머니와 서방님 분부만 바랍니다."

“그러면 그렇지! 내가 사람 보는 눈이 한 번도 틀린 적이 없느니라.”

“이러쿵저러쿵 흉한 소문이 떠돌기는 했어도 내 눈으로 보지 않았으니 언젠가는 돌아올 줄 알았다.”

“장거리에 나가 살려면 소일거리라도 있어야 할 텐데….”

“사흘에 한 번씩 와서 김치를 담아 주는 아주머니가 있는데, 어머니는 음식 솜씨가 좋으시니, 김치 좀 담아 주셔요.”

“당신은 자전거부터 익히셔요. 급하면 장도 봐와야 하고 가게와 집을 드나들려면 자전거가 꼭 필요해요.”

“앞으로 우리 아이들이 뛰어놀 마당도 있어야 하지 않겠어요?”

“어머니 편하시게 집을 지어 드릴 테니 마당에 앵두나무와 포도나무를 심고, 강아지와 병아리도 키우셔요. 이젠 사람을 더 써서 맡기고 어머니 모시고 꽃구경도 다니고 싶어요.”

“우리 새집 상량식을 할 때는 돼지 한 마리 잡아 마을 잔치를 벌입시다.”

“저놈이 처복을 타고났다더니 틀린 말이 아니구나, 네가 우리 집 복덩이다.”

구름 한 점 없는 하늘에는 고추잠자리가 날고 들판에는 허수아비가 졸고 있다.

제 **3**부

삽화 : 장희자

금

감독은 금 도둑을 잡아내기 위해 늘 송골매같이 눈을 굴린다. 굿 문 앞에서 입었던 옷을 모조리 벗고 광산 전용 옷으로 갈아입은 후 백여 척이 넘는 굴속으로 기어들어 간다. 나올 때는 반대로 작업복을 벗고 온몸을 이 잡듯이 훑는다.

광부들은 굴에 들어가는 순간부터 어떻게 하면 금을 빼내서 돈을 만져보고 번듯한 집에서 처자식 굶기지 않을까? 하는 궁리만 한다. 엄중히 잡도리해도 상투 속이나 신발 바닥, 사타구니, 입속에 금을 숨기고 심지어 꿀꺽 삼켜 피똥을 싸기도 한다.

굴에서 금을 캐다 죽은 사람은 도살장의 소 죽음과 진배없이 다반사로 일어난다. 갱도가 무너지고, 천장에서 돌덩이가 떨어지고, 곡괭이에 찍히고. 동발이 내려앉고. 오늘도 버럭에 치어 반송장이 된 광부가 업혀 나온다.

덕순은 손바닥만 한 금석이 눈에 띄자 고양이가 쥐를 노리듯 달려들어 제 손으로 돌덩이를 머리 위까지 쳐들어 발등을 향해 내리쳤다. 순식간에 일을 벌이고 주저앉으니 발에서 선혈이 펑펑 솟는다.

옷을 찢어 오른쪽 발을 싸매고 새끼로 칭칭 감았는데도 붉은 선혈이 스며 나와 땅에 뚝뚝 떨어진다. 심심치 않게 벌어지는 일이라 "병원으로 데리고 가서 으깨진 발목을 잘라 내야 할 것 같습니다." 하는 말에 감독은 귀찮은 듯 얼굴을 찡그리고 빨리 데리고 나가라고 손짓을 한다.

까무러쳐 등에 업혀 나오는 덕순의 고개가 시든 파잎같이 앞으로 툭 떨어졌다. 이제는 걷지도 못하고 구들장만 지고 있어야 한다. 어쩌면 평생 병신 소리를 들으며 살지도 모른다. 집 가까이 오자 고개를 든다. 납작한 초가집 안에는 굶기를 밥 먹듯 하는 두 자식과 아내가 있다.

"아! 이거, 왜 이랬슈?"

아내가 자지러지게 놀라 뛰어나오지만, 며칠 동안 끙끙거리며 잠을 못 자던 그 속은 묻지 않아도 훤하다. 피가 흥건한 굿 복을 터니 핏덩이 속에서 어린애 손바닥만 한 금덩이가 툭 떨어진다. 아내는 금덩이를 집을 생각 없이 닭똥 같은 눈물을 뚝뚝 떨구며 우두망찰 서 있다.

"이리 줘, 내 팔아 옴세."

"얼른 팔아서 돈을 마련해야 약을 사지."

"설마 같이하고 도망가겠는가?"

"팔아 오게."

가난한 광부들은 살기 위해 먹고, 먹기 위해 몸을 버리고, 목숨까지 버린다.

"아프지 않아?" 아내의 묻는 말에

"아프긴 뭐가 아파."

아프지 않다고 희떱게 대답하지만, 아내가 지혈을 위해 성냥갑에 붙은 황을 떼어 상처에 붙이고 무명천을 쭉쭉 찢어 싸매자

"아이고, 어머니!" 비명을 지르며 까무러친다.

손바닥만 한 금덩이를 품에 넣고 나섰지만, 어느 쪽으로 가야 하나? 근처에는 감독이, 심어 놓은 끄나풀들이 있어 연락을 취하면 금방 잡아갈 것이요. 남의 눈에 쉽게 띄지 않으려면 그래도 사람이 많이 모이는 곳이 나은 것 같아 버스를 두 번이나 갈아타고 타동에 왔다.

금을 여러 조각으로 잘라서 팔면 더 받고 안전하겠지만 믿을 만한 곳도 없고 시간이 걸리니 금 제련소가 딸린 가게 문을 열고

들어갔다. 점원이 아래위를 쭉 훑어보더니

"금덩이를 왼손 오른손 번갈아 가며 들었다 놓고, 두드려보더니, 이거, 거죽만 번드르르하지, 속은 돌덩이요. 후하게 쳐서 600원을 드릴 테니 팔려면 팔고 싫으면 딴 데로 가보슈?"

두 번 다시 눈길을 주지 않았다. 의심의 눈초리로 내 입성을 아래위로 훑은 후 값을 후려치는 소행이 괘씸하여 뒤도 돌아보지 않고 점방 문을 나섰다.

하나같이 촌놈이라고 업신여기거나 깐죽거리며 속을 뒤집어놓으니 오기가 생겨 수중에 천원쯤 들어와야 팔리라. 발바닥이 부르트도록 이곳저곳을 훑고 다닌다.

시간이 지날수록 어린애 손바닥만 한 금덩이가 점점 무거워지고 배도 고파 맥이 빠진다. 다음날은 장거리 버스를 탔다. 있는 힘을 다해 문을 열고 들어가 책상 위에 탁, 놓으며

"이거 사겠소?"

"도둑놈들 같으니, 천 원을 준다기에 내 안 팔고 왔소." 눈에 힘을 주고 버티고 서 있으니,

"천 원이면 많이 받는 거요." 두말하지 않고 휙 돌아서니,

"사람 참, 성미도 급하시오."

"멀리서 온 것 같은데 잘 쳐서 팔백 원 드리리다." 우선 밥부터 먹고 다른 도시로 가야 하나 망설이는데,

"그래, 얼마면 팔겠소?"

"천 원 준다는 것을 안 팔고 왔소."

"천이백 원은 받을 거라 합디다."

"어디서 오셨소?"

"증리라는 곳에 금광이 있는데 아마 모르실 거요."

"내가 아는 사람이 금병산 쪽에서 금맥이 터져 광산 일을 한다고 들었소."

"우리 마을 뒷산인데 하루 300명이 일하는 금병산 광산이 있소."

"인근에 있는 동무의 콩밭으로 광맥이 지나가서 하루 두 포씩 따내고 있는데 감석이 나오는 대로 제련소로 보내지만, 가끔 급전이 필요할 때는 좋은 감석을 추려내 내다 팔기도 한다오."

"콩밭에서 금이 나온다는 말은 처음 듣는데…."

"시작한 지, 석 달밖에 안 됐는데 매장량이 많다는 소문이 있다오."

"내 오늘은 후하게 쳐서 천원에 백 원을 더 얹어 드릴 테니 다음에도 급전이 필요하거든 가져오슈."

천백 원을 받아 들고 국밥집부터 찾아가 든든하게 배를 채우고 옷을 한 벌 사 입었다. 천백 원에서 차비를 제하고 약속대로 나누면 덕순이 몫은 칠백 원쯤이고 내 수중에 남는 돈은 몇 푼인가? 손가락을 꼽아가며 계산을 해본다.

천 원이면 기와집 한 채 사서 점방을 차릴 텐데. 내가 사라지면

설마 발 없는 병신이라도 아내가 있으니 산 입에 거미줄이야 치지 않겠지?

어차피 우리는 따라지 인생이 아닌가! 나만이라도 사람답게 살아보자. 촌구석이나 땅끝마을로 피신하면 날 찾기 힘들겠지. 자리가 잡히는 대로 애들 학비를 보태줘 공부 시키면 되지 않겠나.

천원을 허리춤에 동여매고 나머지는 잔돈으로 바꾸어 주머니에 넣고 버스에 올랐다. 당숙이 사는 동네에 내려가 농사를 지으면 굶는 일은 면할 테니 일단 거처를 정한 뒤 천천히 팔려고 내놓은 전답이나 알아봐야겠다. 거처할 집이 있고 전답이 있으면 참한 처녀 장가가기가 쉽지 않겠나. 초가집 한 채 짓고 밥 굶지 않을 만큼 살면서 조금씩 땅을 늘려가면 의심도 받지 않겠지. 7년 만에 찾아뵌 당숙은 조카가 왔다고 무척 반기셨다.

"그래, 그동안 어떻게 지냈나?"

"선원으로 고기 잡는 배를 쫓아다니다가 우연한 기회에 낡은 어선을 샀는데 운이 좋아 출어할 때마다 만선이라 돈을 좀 벌었습니다."

"바다 일이라는 게 힘이 들고 목숨을 담보로 하는 일이라서 나이 들어 고향에 정착해 농사나 지으려고 배를 팔았죠."

아시다시피 혈육이라고는 아저씨밖에 없으니 먼저 아저씨 계신 곳이 떠올랐고, 내 태를 묻은 곳이라 발길이 이곳으로 향하더라 말씀드렸다.

"그래, 아직 홀몸인가?"

"장가가는 일보다 돈을 모으는 일이 급한 것 같아 미루다 보니 늦었습니다."

"거처가 있고 돈이 있으면 장가가기 수월하지, 우선 거처를 마련하고 나서, 윗동네 참한 처녀가 있으니 내일이라도 매파를 보내 성사되도록 힘쓸 테니 걱정하지 말게."

"우리가 터 잡은 지 오래되었고, 돌아가신 선친을 봐서도 동네 사람이 괄시를 안 할 거네."

우선 사랑에 머물면서 천천히 살만한 집이 있나 알아보자 하셨다. 때 되면 차려주는 밥상 받고, 탐스럽게 익어가는 낟알의 냄새를 맡으며 어슬렁어슬렁 마을 구경을 하며 하루를 보낸다.

새 이부자리에 들었으나 며칠째 잠이 오지 않아 뒤척이다가 자시가 지나 잠이 들었나 보다. 소매를 찢어 싸맨 발에서 선혈이 뚝뚝 떨어진다. 웃통을 벗은 몸은 갈비뼈가 앙상하게 드러났고, 덥수룩한 머리와 허연 수염, 움직일 때마다 뼈마디에서 뚝, 뚜둑 소리를 내며 달려들어 목덜미를 콱 잡는다. 깜짝 놀라 일어나니 식은땀이 줄줄 흐르고 목이 탄다. 불을 밝히고 뜬 눈으로 날이 밝기를 기다린다. 나쁜 꿈을 꿀까 봐 밤이 두렵다. 눈만 감으면 어린애 귀신까지

"배고파!"

"배고파!"

하며 달려들어 도망을 가려 해도 발이 떨어지지 않아 용을 쓰는데 소복을 입고 머리를 산발한 귀신이 불쑥 튀어나와 앞을 가로막는다.

도통 밥을 못 먹고 얼굴이 누렇게 뜬 채 잠을 못 자니 당숙은 의원을 청해 진맥을 보게 하신다. 의원은,

"억울한 일이나 근심이 있으신지요."

"열이 위로 올라 간에 열이 쌓여 쉽게 지치고 얼굴색이 누렇게 뜨며 하체가 차서 기가 돌지 않습니다."

기가 잘 도는 약을 한재 먹은 후 몸을 보강하는 약을 한재 더 먹어야 한다며 약을 지어준다. 차도가 조금 보이기는 해도 숙면은 별로 다르지 않다.

"자네, 깊게 잠들지 못하는 것 같던데, 걱정거리를 품고 있으면 몸에 독소가 쌓이고 병이 생기니 속 시원하게 풀어버리게."

세상살이가 다 내 맘 같지 않으니 맘 비우고 편히 살라 채근하신다. 약을 먹는 동안 닭고기를 먹어도 괜찮은지 물어봤더니 의원 말이 '괜찮다네'. 없는 살림에 기어이 뽀얗게 곤 약병아리가 상에 올랐다. 아이들의 간절한 눈빛을 외면할 수 없어서 닭고기를 먹고 체한 후 소화가 잘 안 된다는 핑계로 상을 물렸다.

제명대로 살려면 덕순을 찾아가는 수밖에 없다. 꼭 다녀와야

할 일이 있다며 당숙에게 인사를 하고 나와 춘천 가는 버스에 올랐다.

덕순아, 부디 살아만 있어 다오.

정조

저 원수 같은 년을 당장 내쫓고 싶다. 남편과 마주칠 때마다 엉덩이를 휘두르며 찡긋찡긋 웃는 년을 볼 때마다 속이 뒤집힌다. 양반 체면에 머리채를 휘어잡고 조리질을 칠 수도 없고, 주인을 손아귀에 넣고 휘두르는 행랑것을 눈 허리가 시도록 두고 볼 수밖에 없으니 속이 썩어 문드러진다. 절구통에 치마만 둘러도 계집이라면 덮어놓고 맥을 못 추는 남편이 더 괘씸하다. 어엿한 남편이 있고 예쁘지도 않은 행랑어멈한테 손을 뻗었는지, 도무지 그 속을 모르겠다.

문만 열고 들어서면 예의 바르고 곱상한 아내가 있는데 하필 행랑으로 발걸음이 닿았는지. 행랑어멈의 음성만 들어도 몸서리가 쳐지고 사지가 졸아드는 듯하다.

잠이 들면 불쾌한 생각이 좀 덜어질 듯싶어 눈을 감고 잠을 청해도 뽀송뽀송할 뿐, 감은 눈 속으로 온갖 잡귀가 다 나타난다.

머리를 풀어 헤친 거지 귀신, 뿔 돋친 사자 귀신, 꼬리를 휘저으며 낄낄거리는 여우 귀신.

행랑것이 찡긋 눈웃음을 치거나 맥없이 빙글빙글 웃을 때부터 알아봤어야 했다. 묻지도 않았는데 서방이 고향에 내려가서 내일이나 온다며, 많이 취하신 것 같으니 꿀물 드시고 들어가시라며 잡아끄는 대로 행랑방으로 들어간 게 잘못이다. 코맹맹이 소리

"서방니~ 임." 살짝 팔짱을 끼고 부축하며

"아이, 서방님!"

"많이 바라지 않아요. 집 한 채만 사주시면 얼마든지 살림하겠어요."

귀신에 씌었나? 검은 얼굴에 푸르딩딩하고 꺼칠한 입술, 짠지 냄새가 확 끼치는 몸뚱어리. 아무리 머리를 굴려봐도 그놈의 술이 원수다.

시골 살다 빚에 쫓겨 왔다기에 부려 먹기 수월하나 싶어 두었더니 열흘도 못 돼, 낮 반대기에 하얗게 분칠하고 기름 바른 머리는 족제비 털 같고, 외로 돌려 입은 치마를 펄럭이며 궁둥이를 흔든다. 씽긋씽긋 웃는 년도 밉상이지만 맥없이 굽실굽실하는 그 서방 놈이 더 흉악해서 두렵다.

"아씨, 어젯밤 꿈에 대문을 여니 집채만 한 시커면 돼지가 안으로 쑥 들어와 품에 안기지 않겠어요."

"아무래도 태몽 꿈 같은데, 어디 꿈풀이 잘하는 사람 없을까요?"

수체구멍에 쭈그리고 앉아 토하기에 체기가 있나 했더니 신바람을 일으키며 집안을 휘젓는 꼴을 보니 끝내 일이 벌어진 모양이다.

"아씨, 쫀득쫀득한 인절미 생각이 나서 침이 자꾸 고이네요."

"먹고 싶을 것 못 먹으면 뱃속 아기가 짝짝이 눈이 된다지요?"

"제 어미 분수를 모르고 뱃속에 든 애가 자꾸 보채니 전들 어쩌겠어요."

"애, 옥분아 이 나물은 네가 무쳐라. 마늘 냄새가 역해 속이 뒤집힌다."

"부엌에 들어서면 음색 냄새에 속이 메슥거리니 참을 수가 없구나."

서방님 아이를 가진 것이 무슨 큰 벼슬이나 한 것처럼 배를 내밀고 다닌다.

다 같이 남의집살이하는 처지에 아씨보다 한술 더 뜨는 꼬락서니를 보고도 참으려니 울화통이 치민다. 아들을 낳기만 하면 내가 종년의 종이 될 수밖에 없으니 이 집을 나가야 하나, 참아야 하나. 생각은 한강을 건너갔다 왔다 한다.

"하늘도 무심치, 어찌 서방 있는 행랑것에 씨를 주셨는지!"
"행랑어멈이 수태한 모양인데 아이를 낳으면 호적에 올릴 거요?"
"조선시대도 아니고 호적에 올리지 않으면 나오는 애를 낸 들 어찌하겠소."
"종의 자식이 호적에 먼저 오르는 것만은 절대 안 돼요."

시집온 지, 세 해가 지나도 자식이 없으니 그 애라도 대를 이어야 조상 뵐 낯이 서지 않겠나. 아내의 냉랭한 눈초리에 함부로 대답 못 하고 웅얼웅얼하다 만다.
며칠 밤을 끙끙거리며 대비책을 찾아도 뾰족한 대책이 없으니 답답한 아씨는 유명하다고 소문난 점집을 찾아가 복채를 두둑이 놓고,

"나와 가까운 사람이 혼인하지, 3년이 지나도 슬하에 자식이 없으니 사주에 자식이 있나 사주풀이를 좀 해 주십시오." 생년월일이 들어있는 쪽지를 내민다.
"여자 사주에 아들 오 형제에 딸이 셋이구먼."
"자식 중에는 한자리할 만큼 크게 될 자식이 있어."
"조금만 기다리면 좋은 소식이 올 거야. 걱정하지 말고 조상

잘 위하라고 해."

"올해, 득남하겠나. 그분 남편 사주도 봐주시지요."

"올해는 자식 얻을 수가 아닌데. 남자 사주에는 자식이 귀하구먼, 여자 사주에 자식이 많으니 종실 자식은 있겠어."

'팔자 도망 못 간다.' 하는 말이 떠올라 골목을 나서는 발걸음이 가볍고 복채가 아깝지 않다.

"행랑에 사람을 들일 때는 일을 시키자는 것인데 자네는 어찌 그리 도도한가."

"사흘 들이로 아프다 하고, 힘들다고 누웠고, 졸리다 누웠으니 일은 대체 누가 하나?"

"아씨가 애를 못 가져 봐서 그렇지요."

"잘못되면 어쩌라고 애 밴 사람이 몸을 함부로 움직인단 말이어요."

"애가 먹고 싶다는 것이 많아 토악질이 나도 참고 어질어질해도 참는데 너무 하시네요."

애 가진 유세가 하늘을 찌른다. 행랑것이 머리 꼭대기에 앉아 마주칠 때마다 속을 뒤집어 놓지만 어쩌겠는가.

"자네도 알다시피 마당에 쌓인 세간이 겨울을 나면 다 망가질 게 아닌가."

"마당의 세간을 행랑에 척척 쌓아 두어야겠네."

"내가 이십 원을 줄 테니 이달 그믐까지 방을 좀 비워 주게."

"아씨, 몸이나 풀고 한 달쯤 쉬어야 몸을 움직이지, 이 몸으로 어떻게 이사를 해요."

좀처럼 나갈 기미를 보이지 않던 년이 어쩐 일로 신이 나서 손수레에 짐을 싣고 허벙거린다.

"자네, 또 행랑살이 가나?"

"저는 뭐 맨 날 행랑살이만 하는 줄 아세요?"

"이백 원쯤 들여 자그마한 고뿟집 하나 차렸어요."

나도 이제는 너만 하단 듯이 배를 내밀고 마주 서서 샐 샐 웃으며 염장을 지른다. 돈 많은 사람일수록 돈 있는 표 내지 말아야 그 부자가 오래간다는데 어쩌려고 행랑어멈에게 이백 원씩 희떱게 주었나. 칠팔십 원이면 사줄 신식 옷장 하나 사달라고 졸라도 못 들은 척, 하더니 대체 행랑어멈이 뭐길래. 생각할수록 분통이 터진다.

부모 재산 가지고 의씩 대는 놈 재산 빨아먹으려면 멀리 갈 것 없이 이 동네에 술집을 차린 게 잘한 거다. 의장이 띳장이 모여들어 김치 쪼가리 놓고 막걸리나 마시는 술집과는 차별을 둬야 한다.

거문고를 끌어안고 '신고산이~ ~' '노들강변 봄바람에 ~~' 물 흐르듯이 젓가락 장단에 맞춰 꺾어지게 한가락 뽑을 줄 알아야 한다. 비록 종로통에서 밀려났지만, 잘잘 끄는 치마가 물 찬 제비같이 몸에 착 감겨야 사내놈들 애간장이 녹을 게 아닌가.

반달이에 보료를 깔고, 청색. 홍색 비단 방석을 놓으니 아방궁이 따로 없다. 청사초롱을 내걸고 개업을 알리기 위하여 시루떡과 돼지머리 고기를 썰어 한 상 차려 놓고 대문을 활짝 열어 손님을 맞는다.

세루 양복을 입었거나 두루마기까지 의관을 제대로 갖춘 사람이 대문을 들어서면 한복을 곱게 입은 아가씨 두 명이 뛰어나와 양쪽에서 허리를 굽히며 맞는다.

어멈이 부엌에서 진두지휘하며 지지고 볶아 한 상 가득 차려 놓으면 교자상을 들이는 것은 남편 몫이다. '쥐구멍에도 볕 들날 있다' 했다. 몇 년만 고생하면 이 근처에 고래 등 같은 집 짓고 일꾼 몇 거느릴 수 있겠다.

외로 꼰 치마폭을 흔들며 엉덩이춤을 추는 것도 하루 이틀이지 부엌일이라는 것이 손에 물 마를 새 없고 주인이 있어야 제대로 돌아가며, 술값 시비와 술 취한 놈 주정을 감당하는 일도 만만치 않다.

'남는 장사는 물장사밖에 없다' 더니 그것도 외상이 없어야 남는다. 단골손님한테 싫은 소리를 했다가는 발길을 뚝 끊으니 이 눈치 저 눈치 보아야 한다. 매상 올리려면 계집애들 비위를 맞춰야 하니 이것도 보통 일이 아니다. 애들 물색만 좋으면 물장사가 젤 수지맞는 장사라는데, 머리 꼭대기에 앉아 있는 계집애들이 상전 중에도 상전이다.

돈이 수중에 저절로 굴러 들어오는 것이 아니다. 남들 자리 펴고 누울 시간이 더 바쁘고, 남편과 밥상에 마주 앉아 본지도 언제쯤인지 모르겠다.

거래처를 뚫고, 좋은 물건을 고르는 것도 만만치 않아 세상 물정 모르는 남편이 장 보러 갈 때마다 계집애를 딸려 보냈더니 둘이 나가면 반나절은 족히 걸리니 이것도 속 터지는 일이다. 차라리 그 돈으로 시골에다 땅을 사서 농사를 지으면 속이 편할 텐데 하는 생각이 하루에도 몇 번씩 든다.

배 쪽같이 사근사근한 영애가 제법 손님 다루는 솜씨가 있어 매상이 오르는데 물색 고운 옷 한 벌 장만한다며 점심 때쯤 가방을 들고 나간 년이 등불을 켤 때까지 돌아오지 않는다. 오늘따라 영애를 찾는 손님은 왜 그리 많은지! 영애 년 때문에 일찌감치 파장이다.

다음날 장을 보러 간 남편도 함흥차사다. 둘이 눈이 맞아 줄행랑을 칠 때까지 한 사람만 모르고 있었다. 구하려는 아가씨마다 몸값을 올려 부르니 그도 힘들고 여자 혼자 가게를 꾸려나가는 일도 만만치 않아 날이 새고 밤이 오는 줄 모르고 허덕인다. 엎친 데 덮친다더니 남편이 사업을 늘린다고 가게보증금을 빼고 월세로 바꾸었다며 월세를 달라는 주인의 말에 기절할 뻔했다.

'계집에 눈이 멀면 아비 땅문서도 훔쳐다 준다.' 하더니 보증금까지 빼서 달아날 줄이야. 연놈이 곁에 있으면 요절을 낼 텐데. 이가 빠득빠득 갈린다.

사람의 맘이란 것이 이문 앞에서는 창호지 한 장보다 얇은가 보다. 손님이 좀 준다 싶더니 계집애들도 하나씩 빠져나간다.

'하늘이 무너져도 솟아날 구멍이 있다고' 내 뱃속에는 꿈틀대는 복덩이가 있다. 남산만 한 배를 안고 뒤뚱거리며 출산일을 손꼽아 기다린다. 붉고 실한 대추와 돼지꿈은 아들이라 하고, 치마가 들썩일 만큼 크게 노는 것을 보니 틀림없는 장군감이다. 제 새끼인데 아들이면 더 귀애하겠지. 서얼을 천대하던 조선 시대도 아니고 장자로 호적에 떡 올리면 콧대 높은 아씨라 한들 어쩌겠는가!

귀한 자손 데리고 술장사할 수 없으니 애와 같이 살만한 집 한 채와 애 양육비 달라고 들러붙어야지. 시골에서 무일푼으로 야반도주해 여기까지 왔는데 주저앉을 내가 아니다.

"너의 앞길은 이 어미가 터주마."

남산만 한 배를 쓰다듬으며 하루하루 힘겹게 버티는데 드디어 진통이 왔다. 애가 나오면 가장 먼저 서방님께 알리기 위해 문 앞에 심부름하는 애를 세워놓았다. 급히 가게 문을 닫고 미역을 불려라, 물을 끓여라. 부산을 떠는데 상투 잡을 남편이 곁에 없다는 생각이 들자 왈칵 눈물이 쏟아진다.

엉치뼈가 빠질 것 같은 통증과 살을 도려내는 듯한 아픔도 팔자가 필 것이라는 믿음이 있어 참을 만하다.

"아이 머리가 보입니다."
"숨을 깊게 들어 마신 후 단숨에 뱉어내며 조금만 더 힘쓰세요!"

까마득한 소리가 들리더니 불덩이가 확 빠지는 느낌이다.
"응 에~ 응 에~" 우렁찬 아이 울음소리에 정신이 돌아왔다.

"잘생긴 도련님이요."

벌떡 일어나 산파가 안겨주는 아이를 받아 안았다. 아! 하늘도 무심하시지! 남편을 미워한 죄인가! 이목구비가 어쩜 그리 남편 판박이란 말인가!

'양반 배부르면 종놈 밥 짓지 말라' 하는 서울깍쟁이보다 어린 것 데리고 굶어 죽지 않으려면 그래도 시골 인심이 났다. 사내놈이니 모른 척하지야 않을 테지.

아이를 둘러업고 시댁으로 가는 열차에 몸을 실었다.
품 안에서 꼬물거리며 배냇짓 하는 아이 손이 따뜻하다.

이런 음악회

황철은 응원 대장 팔자를 타고났나 보다. 학교 발표회나 관내 고등학생들의 연합 체육대회가 있으면 보름 전부터 응원단을 모집하여 연습한다. 자기 돈으로 간식과 음료수를 사서 응원단에게 나누어주며 목이 쉬도록 응원 연습을 하고, 몸살을 앓다가도 행사 때는 또 신바람을 일으킨다.

준구는 우리 학년에서 유일하게 바이올린을 가지고 있다. 학교 수업이 끝나면 음악실에 가서 바이올린 연습을 하고 대회가 가까우면 아예 오전 수업만 하고 연습실로 달려가 모두 부러워한다.

준구가 음악 경연대회에 참가한다는 소식을 듣고, 황철은 고기가 물을 만난 듯 신바람을 일으키며 응원부대를 모으고 있다. 음악 경연대회가 끝나면 돼지고기가 든 만두를 사준다는 미끼를 던지자 꽤 여러 명이 모였다. 음악 경연대회를 구경한 적 없기에 전날 모여 황철의 지시를 듣고 몇 번 연습하고 헤어졌다. 좋은 자리를 차지해야 한다기에 일찍 대회장 앞에 줄을 서서 기다렸다.

대회장의 전, 후, 좌, 우, 네 무더기로 나누어 앉았다. 준구가 나오면 무조건 발을 구르며 손바닥이 부르틀 때까지 치고

"재청!"

재청이요"

"악을 써라."

"손뼉이 척척 맞으면 더 좋다."

"물론 우리가 대회장을 휘어잡고 있다가 다른 악사가 나올 때는 조용해야 한다."

준구가 나오기를 기다리고 있다. 남자와 여자혼성팀의 합창, 피아노 독주, 플루트연주가 이어지지만, 아는 노래가 없으니 지루하기만 하고 하품이 자꾸 나온다. 중간이 조금 넘어서자 옆의 친구가 옆구리를 쿡 찌르며 준구가 나온다고 알려준다. 감색 양복을 말쑥하게 차려입은 준구가 허리를 깊이 숙여 인사를 하자 박수가 쏟아진다. 정신을 바짝 차리고 있다가 연주가 끝나기 무섭게 어제 연습한 대로 '재청, 재청이요' 고함을 냅다 지르며 손뼉을 쳤지만, 장내가 넓어 우리의 환호성은 관객 속에 묻혀 힘을 잃고 말았다. 재청을 요구해도 사회자는 러시아 작곡가 보로딘의 '폴로 베츠인의 춤'을 연주할 신사를 소개한다. 신사가 바이

올린을 들고 천천히 걸어 나온다.

　눈을 지그시 감더니 신사의 몸이 바이올린과 한 몸이 되어 좌우로 리듬을 타며 신들린 듯한 연주가 이어진다. 그가 긋는 활이 미끄러질 때마다 영혼을 휘어잡는 소리가 꿈길처럼 향기롭다. 청중의 숨소리도 멈춘듯하다. 장내를 휘어잡던 연주가 끝나자 더러는 손뼉을 치며 일어서고 몇몇은 발까지 구르며 귀청이 터지게 '재청, 재청이요' 청중이 소리를 지르자, 분위기에 휩싸여 나도 모르게 몸을 들썩이며 "재청" 소리를 질렀다.

　음악회가 미처 끝나지도 않았는데 화가 난 황철은 내 귀를 잡고 화장실로 끌고 가서 멱살을 잡더니

"너 뭐 하러 예 왔냐?"
"네 놈이 우리 얼굴에 똥칠한 것 몰라?"

　뱃이 꼴려서 '돼지고기 든 만두 안 먹으면 그만이다.' 한마디 내뱉고는 황철을 밀치고 뛰어나와 버렸다.

　이튿날 교실에 들어서자 어제 있었던 음악회 이야기로 들썩였다. 말쑥하게 차린 신사분의 바이올린 연주를 듣고 환호성을 지른 관중, 멋진 드레스를 입고 나와 물 흐르듯 리듬을 타던 플루트연주는 함구하고 준구의 바이올린 연주만 떠들고 있다. 하기야 돼지고기가 든 만두 먹을 생각만 했지, 신사가 연주한 보로딘의 '폴로 베츠인의 춤' 에 관심이 있었겠나.

나는 태어나서 바이올린 연주를 처음 들었다. '폴로 베츠인의 춤' 연주자의 오르내리는 활시위를 따라 고개가 오르내렸다. 입과 귓속에서 멜로디가 맴돈다. 바이올린만 있다면! 나도 바이올린을 배우고 싶다.

매일 바이올린을 들고 음악실로 향하는 준구에게 바이올린을 구경시켜 달라고 졸랐지만 귀찮은 표정으로 못 들은 척한다. 수업이 끝나면 바로 달려가 아버지의 연탄 수레를 밀며 도와드렸고 저녁 식사가 끝나면 책상 앞에 앉아 열심히 숙제하고 공부하는 착한 아들이 된다. 엄마 눈치를 봐가며 바이올린을 사달라니 말이 끝나기도 전에

"하라는 공부는 안 하고 뚱딴지같이 바이올린을 사내라니 대체 바이올린이 뭐 하는 거냐?"
"줄이 있는 악기인데 활로 줄을 문질러서 소리를 내요. 우리 반 준구가 음악회에 나가 연주했는데 얼마나 멋졌다고요."
"우리 집에는 딴따라 하는 사람은 없다. 공부하기 싫으면 학교 그만두고 내일부터 가게에 나가 연탄 배달하시는 아버지 일이나 거들어라."

어머니의 마음을 돌릴 자신이 없지만, 그렇다고 바이올린을 배우고 싶은 마음을 접을 수도 없다.

책을 펴도 바이올린, 누워도 바이올린, 매끄럽게 품속에 폭 안겨 여린 듯 강하게 울리는 바이올린이 눈앞에 어른거리고 아무 생각도 안 난다.

바이올린을 배울 수만 있다면 무슨 일이든 하리라 생각하며 준구에게 다가갔다. 매일 아침 준구네 집 앞에서 준구를 기다리다가 바이올린을 받아들고 학교로 간다. 바이올린을 든 내 모습이 멋져 보인다.

준구 대신에 숙제도 해주고, 가끔가다 참고서 산다고 거짓말을 하고 타낸 돈으로 빵을 사주며 비위를 맞추기에 바쁘다.

달이 바뀌니 준구가 하굣길에 미루나무가 가득한 둑에 앉아 바이올린을 켜더니 한번 해보라며 들려준다. 아래위로 활을 문지르며 음계에 따라 왼손가락으로 줄을 가만가만 누르라며 손가락을 짚어 준다. 심심할 때마다 흥얼거리는 동요인데 몇 번을 가르쳐 줘도 활 긋기에 신경 쓰면 손가락이 따로 놀고 손 짚기에 신경을 쓰면 다음 음계가 떠오르지 않는다. 악보 보는 일도 만만치 않다.

"바이올린 연주는 혼과 몸과 악기가 혼연일체가 되어야 해. 네줄의 현과 말 털로 만든 활로 문지르는 기교는 피나는 노력이 있어야겠지만, 천부적인 재능이 없으면 낼 수 없단다."

"예술은 노력이 중요하지만, 타고난 소질이 있어야 한다. 너는 음악에 소질이 영 없는 것 같으니 일찍 포기하는 게 낫겠다."

준구의 말에 자존심이 상해 바이올린을 놓고 돌아서 의절하고 싶지만, 아무 말도 못 하고 고개만 숙였다.

며칠째 바이올린 살 궁리를 하는데, 방학이면 공사장에서 일하고 품삯을 받아 가정을 돕고 학비도 내는 친구가 떠올랐다. 나도 공사판에서 등짐 져 나르는 일을 하고 싶다며 친구를 졸랐다. 노가다는 아무나 하는 게 아니라며 코웃음을 친다.

내 손으로 돈을 벌어 바이올린을 사고 싶다는 말을 듣고, 일이 거의 마무리 단계에 있어서 사람이 더 필요한지 알아봐 주겠다. 하였다.

일요일마다 친구 집에서 시험공부 한다는 핑계를 대고 일찍 나와 공사장으로 가서 옷을 바꾸어 입고 모래와 시멘트 포대를 져 나르며 품삯을 모으기 시작했다.

목덜미는 소금이 서걱거리고 어깨에 물집이 잡히고 허리가 쑤셨지만, 받은 품삯을 책갈피에 넣을 때마다 뿌듯하다. 날이 더 추워지기 전에 바이올린을 살 수 있으려나. 밤이면 책갈피에 숨겨둔 지폐를 세어보며 두근거리는 가슴을 안고 잠이 든다. 어느 날 준구가

"너, 아직도 바이올린을 배우고 싶냐?" 고개만 끄덕이고 있으려니

"바이올린을 사려면 내 것을 사라. 새것은 엄청 비싸다."

"부모님이 더 좋은 것으로 사주신단다. 너니까 특별히 싸게

줄게."

책갈피에 넣어 두었던 돈을 털어 바이올린을 손에 쥐니 저절로
음이 흘러나올 것 같고 가슴이 뛴다. 바이올린의 앞판은 가문비
나무, 뒷판은 단풍나무로 만든다는데 부드럽고 은은한 나무 향
이 콧속을 통과하면 아주 편안해진다. 종일 바이올린만 켜고 싶
지만, 맘 놓고 연습할 공간이 없다.

수업이 끝나면 친구들의 부름도 마다하고 뒷산으로 줄달음쳐
바이올린 연습을 한다. 활을 문지르기만 하면 음악이 쉽게 나오
는 줄 알았다. 마음은 급한데 악보 보기, 활 쓰기, 운 지 순서를
하나씩 익혀야 연주를 할 수 있어 애가 탔다.

보드라운 손끝이 부르터 물건을 잡기 힘들 만큼 아팠지만, 차
츰 악보가 눈에 들어오고 저절로 음표에 맞게 손가락이 줄을 잡
아주고 굳은살이 박혔다. 한 곡씩 익힐 때마다 희열을 느낀다.
바이올린만 품고 있으면 언제 해가 넘어가는지 몰라 어둑해지면
집까지 단숨에 뛰어와 헛간에 바이올린을 숨겨 놓았다.

어려서부터 연습해야 손이 굳지 않는데 늦게 시작했으니 남의
서너 배는 더 연습해야 한다. 악기가 애인이고 친구고 스승이다.
지성이면 감천이라고 바이올린에 취하니 세월이 빨라 추석이 되
었다. 추석날 저녁에는 마을공회당에서 노래자랑대회가 열린다
고 한다. 나는 노래자랑대회를 준비하는 선배를 찾아가 콩쿠르
대회 중간에 바이올린 독주를 넣어 달라는 부탁을 했다.

한가위 보름달이 흰히 떠오르자 공회당으로 마을 사람들이 꾸역꾸역 모여든다. 임시로 마련한 무대 앞에는 심사를 맡으신 마을 어르신과 구장님이 앉고, 쌀 포대, 라디오, 농기구, 반상기, 양은솥, 주방용품 같은 상품이 가득 쌓여있다. 출연진들이 차례로 올라가 저마다 숨겨둔 애창곡을 열창한다. 새침데기 옆집 누나가 '오빠는 풍각쟁이'를 간드러지게 부르고, 외지에 나가 있던 선배가 온몸을 흔들며 신바람을 일으키니 관람객들의 몸도 파도를 탄다.

천막 안에 대기하고 있던 내가 바이올린을 들고 멀리 있는 누나와 어머니께 눈 맞춤을 하고 천천히 무대에 오른다. 눈을 지그시 감고 천천히 활을 당기자 춤판이 벌어졌던 장내가 쥐 죽은 듯이 조용하다.

박자가 빨라지자 모두 어깨를 들썩거린다. 칼로 무를 뚝 자르듯 활을 그어 마무리하자 "와" "재창" 떠나갈 듯 외쳤다. 천천히 나가다가 못 이기는 척 돌아서서 유행가를 연주하니 다음 차례를 기다리던 사람도 처음 듣는 바이올린 선율에 넋을 놓고 있다.

대회가 끝나자 특별상으로 7첩 반상기를 받았다. 어머니는 아주 흡족해 반상기를 아버지 앞에 펴 보이며 바이올린이 거문고나 가야금 소리보다 들을 만하다고 추켜세우신다.

음악 실기 시험이 있는 날 바이올린을 들고 학교에 갔다.

"바이올린을 언제 샀니?"

"바이올린 하면 당연히 준구지."

시큰둥했던 아이들이 시벨리우스의 바이올린 협주곡 연주가 끝나자 눈이 휘둥그렇고 음악 선생님은 '연습을 많이 했구나.' 부드럽게 감정을 잘 살려 연주했다고 칭찬을 하신다.

학예회에서 바이올린을 연주해 박수갈채를 받자 소문은 삽시간에 퍼졌다. 며칠 쉬면 내가 좋아하는 악곡도 바람이 샌 듯 허전해 마음에 들지 않는다. 브룩클린으로 가는 마지막 비상구의 주제곡인 'A Love Idea"는 애절한 멜로디가 내 가슴을 파고들어 연주하고 나면 마음이 차분해진다.

졸업을 앞두고 학교장의 추천을 받아 음악 경연대회에 나간 날은, 늦가을 날씨답지 않게 는개 비가 내리고 있었다. 들숨을 깊게 마신 후 눈을 감고 내가 좋아하는 'A Love Idea'를 연주하였다. 무엇보다 좋은 바이올린이라 으쓱대던 준구를 제치고 입상해 기쁘다. 이젠 종일 방안에서 바이올린을 켜도 시끄럽다고 나무라는 사람이 없다.

바이올린 연주자며 작곡자인 엘먼은 관능적이며 레퍼토리가 광범위하다. 내 목표는 미국으로 유학 가서 바이올린 연주로 미국인 마음을 사로잡는 것이다. 세계적인 바이올린 연주자가 되는 것이다.

예술가의 길은 외롭고 힘든 길이지만, 인생을 걸만한 가치가 있기에 신념을 가지고 이 길을 가고 있다. 연주자는 악기를 닮는다. 했던가! 그러기 위해서는 악기와 일체가 되어야 한다. 우리 오래오래 한 몸이 되자. 바이올린을 가만가만 쓰다듬었다.

슬픈 이야기

"저놈은 전생에 원수였나?"

 비록 월세라고는 하지만 내 돈 내고 사는데 하루 이틀도 아니고 짐승 같은 놈과 한집에서 사는 것이 여간 고역이 아니다.

"이놈의 집에서 벗어나자."

 직장에 매인 몸도 아니요, 어디 가면 내 몸뚱이 하나 누울 곳이 없을까? 놈은 삼십 년 동안 전차 운전사로 있다가 올해 겨우 감독이 된 것이 무슨 정승판서 벼슬을 한 것같이 여학생 장가를 들어보겠다고 지랄병이 났다.
 남의 이목은 안중에 없는 놈이다. 밤마다 밥상이 엎어지고 쿵

쿵 벽이 울리고 여자와 아이가 울어대니, 멱살잡이할 수도 없고 참는 것도 한도가 있지, 어지럽고 역겨워서 견딜 수 없다.

밤일하고 늦게 들어와 이불 속에서 대추 두 알로 요기를 하고, 아내는 엄동설한에 목도리나 장갑도 없이 벌벌 떨며 도시락을 들고 다니더니 팔백 원이나 모았다는 소문이 돈다. 감독 자리에 오르고 돈이 모였으면 번듯한 집 사서 이사 갈 것이지 허파에 바람이 잔뜩 들어 세상에 무서운 게 없나 보다. 곱상한 얼굴에 탱글탱글한 몸, 풋풋한 냄새. 여학생 생각만 떠오르니. 꾀죄죄한 본처는 얼마나 눈엣가시겠나?

시골에 있는 친정도 넉넉히 살아야 버팀목이 되지, 철없는 처남까지 농사일이 힘들다는 핑계를 대며 월급 자리에 넣어 달라고 비좁은 방에서 묵시기니, 화가 더 나는 것은 뻔한 일이다.

세 들어 사는 나의 방과 옆방과는 판자 하나로 막아 놓아 문 여닫는 소리는 물론 방귀 뀌는 소리까지 다 들린다. 부부지간에도 늘 좋을 수만은 없으니 가끔 투덕투덕하는 것은 그래도 참을 만한데 밤마다 '끼익 끽, 으 어 억' 개 잡는 소리가 나고, 낮은 소리로 중얼거리다 잡아먹을 듯이 타고 앉아 꼬집고, 갑작스레 쿵 ~ 벽에 부딪는 소리가 나면 놀란 아이가 "빽빽" 울어대니 도통 잠을 잘 수 없다.

문밖으로 쫓겨나 눈물을 찔끔찔끔 짜며 떨고 있는 아이는 내 어렸을 때 모습을 보는 듯하다. 아버지가 술에 취해 들어온 날은 무슨 트집을 잡아서라도 집안을 난장판으로 만들었다. 밥상을 늦게 차렸다고 뜨거운 국그릇을 치마폭에 뒤집어씌우거나 밥상이 마당으로 날아갔다.

어두운 후에도 아버지가 들어오지 않는 날은 밖에서 나는 사람 소리가 마치 싸우는 소리로 들려 가슴이 뛰고 손에 땀이 나서 맨발로 뛰쳐나갔다. 아버지가 비틀거리며 대문을 들어서면 숨기 바빴다. 자식은 왜 낳았는지, 어머니는 왜 도망도 못 가고 사는지 원망했다. 서방한테 말대답한다고 세간이 부서지고, 입 봉하고 있으면 네가 얼마나 잘났기에 서방을 우습게 보냐며 머리채를 휘어잡고 발길질을 했다. 아버지가 코를 골 때까지 낟가리 속에 숨어 있거나 광에 있는 가마니를 뒤집어쓰고 있다가 동태가 되기도 했다.

퉁퉁 부은 얼굴로 조반을 짓는 어머니가 미웠고, 아무렇지도 않게 아침상을 물린 후 의관을 차려입고 나서는 아버지는 소리 없는 총이 있으면 쏴 죽이고 싶도록 미웠다. 죽었으면 하는 내 소원대로 만취한 아버지가 봇도랑을 건너다 실족해 돌아가셨다. 노름꾼에 술주정 꾼, 객사까지. 마을 사람 보기 부끄럽다고 어머니는 내 손을 잡고 친정에 들어가 일을 거들며 살았다. 머리가 굵어지니 외숙모의 눈칫밥을 견디기 힘들어서 집을 나와 여기까지 흘러온 것이다.

대체, 처남 놈은 뭐 하는지. 너 같은 시골뜨기하고 살면 낯이 깎이니 친정으로 가라고 줄 창 들볶아도 기척이 없다. 남의 일이기는 해도 짜장 괘씸하다.

이래도 맞고 저래도 맞는 그 아내의 처지는 실로 딱해 이대로 두고 보는 것도 인륜에 벗어나는 일이요, 남편에게 밤낮 주리를 당하다가는 명대로 못살 것 같아 걱정되고 가엾은 생각이 들어 놈을 찾아가

"이보시오. 여자가 뭔 잘못이 있는지 모르지만, 연약한 아내를 저녁마다 패는 사람이 어디 있소."

"옆방 사람도 좀 생각해야지. 애까지 빽빽 울어대 도통 시끄러워서 잠을 잘 수 없소. 이게 어디 사람 사는 집이요."

놈은 비록 낯짝이 쪼그라들어 눈, 코, 입이 반듯하지 못하고 넝마전 물건같이 시들 뻔하게 붙었을망정 눈은 제법 맑고 총기가 있다.

"남의 내간 사에 웬 참견이요."

놈은 얼마간 나를 노려보더니 침을 탁 뱉으며 문을 쾅 닫고 들어가 버렸다.

"이 주리를 틀 년!"

"그놈과 정분이 나지 않고서야 어찌 네년 역성을 들어!"

"바른대로 대지 않으면, 죽여버리겠어!"

항아리 깨지는 소리가 나더니 이내 남다른 설움이 있는지 여자가 목을 놓아 '꺼억~ 꺽' 우니 괜스레 언짢은 생각이 들어 마을을 한 바퀴 돌아와 뜬눈으로 밤을 새웠다. 해가 중천에 뜬 후 부스스 일어나 목에 수건을 두르고 마당으로 나가는데, 쥔 노파가 쫓아와

"옆방에서 난리굿을 하는데 잠이 옵디까?"
"글쎄, 어쩌자고 남, 매를 맞히우."
"반했으면 속으로나 반했다 할 일이지. 제 남편보고 때리지 말라는 법이 어디 있소."

남의 아내 역성을 들 때는 필시 무슨 관계가 있을 테니, 서방질한 거 냉큼 대라며 들볶더니 시원한 대답을 듣지 못하자 집안 살림을 부수고 매질을 했다는 것이 아닌가. 그 여자의 처남까지 나와서

"아예 내 누님의 신세를 망쳐놓기로 작정했소!"

그런 말을 하면 누님의 신세를 영영 망쳐놓을 것이니 앞으로 아예 그런 일이 없도록 삼가 달라며 턱 버티고 서서 눈을 부라린다.
그놈이 신당리를 떠나기는 틀렸고 내가 장가를 가기도 힘드니 이부자리와 옷가지를 거듭 뭉쳐 메고 주인이 들으라고 큰 소리

로 '난 오늘 떠납니다' 뒤도 돌아보지 않고 마을을 빠져나왔다. 이불에 둘둘 말아 꾸린 살림이 한 짐밖에 안 되고 그나마 월세로 사는 것이 천만다행이다.

여러 사람 앞에서는 아내를 때리기는커녕 퇴근할 때마다 금실 좋은 듯 '종철이 엄마, 저녁은 자셨소?' 낯간지러운 소리를 하는 놈이 아닌가! 여필종부의 절개를 변치 않으려고 짐승 같이 앓는 소리를 하며 맞고 사는 여자가 불쌍하다. 당장 민 적을 가르고 이곳을 떠나자고 하고 싶지만 내 한 몸 의탁할 곳이 없다. 부모님은 어찌 의지할 집 한 칸 남겨주지 못하셨는지 야속하기만 하다.

나는 나이 찬 홀몸이고 저쪽은 남편에게 소박맞은 계집이니 서로 의지하며 오손도손 산다면 서로에게 좋은 게 아닌가! 오막살이라도 집 한 칸만 마련하면 달려가서 그놈에게 민적을 가르라 하고 여자와 사내아이까지 구해오고 싶다.

봇짐을 지고 산 넘어 금광을 찾아서 갔다. 광산에서 금 캐는 일은 힘이야 들지만 힘든 만큼 돈을 벌 수 있단다. 가끔 갱도가 무너져 돌무더기에 깔리거나 곡괭이에 발등을 찍는 사고가 나지만 내가 죽는다고 서러워할 사람도 없고 상해를 입으면 품값에 약값까지 후하게 쳐서 받는다니 마음은 홀가분하다.

먼동이 트면 보리밥에 짠지를 싸서 들고 컴컴한 갱에 들어가 들쥐처럼 굴을 파고 점점이 반짝이는 돌덩이를 수레에 실어 나르는 일이다. 밖에는 비가 오고 눈이 와도 굴속은 항상 땀이 뚝뚝 떨어지고 눅눅하지만 견딜만하다. 곡괭이가 돌에 부딪힐 때마다 반짝반짝 불똥이 튀고 몇 번 만에 돌이 "쩍" 갈라질 때는 불끈불끈 힘이 솟고 희열을 느낀다.

사람은, 일해야 힘이 생기고 밥맛이 있는가 보다. 여럿이 둘러앉아 먹으니 고추장만 비벼도 꿀맛이고 짠지가 네발 달린 짐승의 살보다 더 맛있다. 냉수 한 사발도 달다. '밥 먹은 자리에서 쓰러져 자면 죽어 소가 된다지만,' 잠시 눈을 붙이면 오후 일이 한결 거뜬하다.

허리 한 번 펴지 못하고 왼 종일 곡괭이를 휘두르니 저녁이면 머리가 땅에 닿을 새 없이 코를 골며 잠에 빠진다. 어울려 투전을 하거나 막걸리라도 주고받을 만한 사람이 없는 것도 다행이다. '홀아비살림은 이가 세 말' 이라는 말이 있지만 쉬는 날마다 다른 사람의 몫까지 맡아 하니 돈 붙는 재미가 솔솔 하다. 이렇게 몇 년 모으면 너끈하게 텃밭 달린 집 한 칸을 마련하겠다.

갱을 나올 때마다 알몸으로 서서 차례를 기다리고 있으면 눈에 불을 켠 간수가 상투, 짚신 바닥, 사타구니까지 샅샅이 수색한다. 몸에 자잘한 금 조각 하나 숨긴 것 없으니 시간이 흐를수록 무덤덤해져 견딜만하다. 감석을 숨기려다 들통이 나서 쫓겨나고 갱도가 무너지고 곡괭이에 찍히는 사고가 종종 일어나지만, 욕심 버리고 정신을 가다듬으니 꽃피나, 하면 금방 장마지고 가을이 깊었나 하면 겨울이다.

막일로 하루 벌어 하루 살지만, 이제는 매일 아침 도시락을 들고 갈 일터가 있으며 다치지만 않으면 세 식구 끼니 걱정은 안 해도 될성싶다. 여자가 소박맞고 친정에 가면 반길 사람도 없을 것이요, '어미가 의붓어미면 아비도 의붓아비가 된다'는 말처럼 여학생에게 눈이 뒤집혀 있는 놈이니 자식인 들 알뜰히 거두겠나. 개밥에 도토리가 되는 것은 뻔한 일. 여자도 아이와 같이 있어야 마음이 안정될 것이요, 다섯 살이면 꾀가 말짱하니 잘 거두기만 하면 속 썩는 일 없이 무럭무럭 자랄 것이다.

마음의 상처를 들쑤시지 않고 보듬어 주기만 하면 그도 마음과 생각이 통하여 알뜰살뜰 살림을 꾸릴 것이고 식구도 늘어날 것이다. 3남 2녀까지야 바라지 않지만 내 핏줄을 이어갈 아들 하나 낳아 준다면 뼈가 부서져라, 일하리라. 기다림이 있고 기다려줄 사람이 있는 사람은 행복한 사람이라 하지 않던가.

"저놈이 지금 계집을 떼 버리려고 저렇게 못살게 구는데 민적을 가르거든 그저 두말 말고 데꺽 꿰차면 그만이오."

"그만한 여자도 흔치 않으니 잘 생각해보시오."

노파의 말이 골을 타고 산을 넘어온다.

소낙비

"야! 광 팔아."

"형씨, 낼 게 없으면 손 털던가."

"난 피박을 썼는데, 얼씨구, 춘호 저놈이 뒷손까지 척척 붙는 것을 보니 오늘은 뭔 일내겠어."

"초장 끗발은 개 끗발 아닌가?"

조짐이 안 좋을 때는 느긋하게 참는 게 이기는 게다. 투전판에서는 경험 많고 머리가 좋아야 하지만 배짱 두둑한 놈이 장땡이다. 돌고 돌아서 돈이라 했던가.

"얼라, 패가 하나 모지래. 이 판 파토여, 파토!"

"누구 맘대로 파토여!"

철수 놈이 순식간에 삼 원이 나간 것은 자신을 속인 것이라 생트집을 잡는다. 노름해서 부자 된 놈 없다더니 동전 한 닢에도 살기가 등등하다. 퀭하니 십 리쯤 들어간 눈, 너구리 굴속 같은 방에서 오래 묵은 기침이 쿨룩거린다. 닭이 홰를 쳐도 당최 손 털고 일어설 기미가 보이지 않는다.

"내, 한턱낼 테니, 여기 닭 한 마리 잡아서 술상을 거나하게 차리시오."

"소피도 보고, 허리 좀 폅시다." 춘호는 느긋하게 기지개를 켜며 화투장을 모은다.

끗발 좋을 때 통 크게 걸고 한 번에 끝내버려? 조화만 잘 된다면 금시발복(今時發福)이 못 된다고 누가 단언할 수 있으랴. 주머니 속에 빳빳한 십 원짜리 두 장과 깔아 놓은 돈을 전부 모으면 사오십 원쯤 되니 개평 좀 넉넉히 주고 손 털어도 되겠다. 동리 빚 가리고 진저리나는 이 골짝을 떠나서 보란 듯이 서울로 가리라. 그래도 난 서울 물을 먹어본 놈이니까 서울에 가면 발붙일 곳을 찾을 수 있을 거야.

'사람은 나서 서울로 보내라고' 하지 않았던가. 이 깐 촌구석에서 맨 날 두더지처럼 땅이나 파고 마름 눈치나 보고 있어서야 고깃국에 이밥 한번 실컷 먹어보고 자식새끼 공부시키겠어. 우리 자식놈은 신식교육시켜서 손에 흙 안 묻히고 살게 해야 해.

서울이란 곳이 저만 부지런하면 먹고살 걱정 없다지 않던가!

팥죽 장사를 하고 지게 품을 팔아도 이보다 나을 테니 선세만 마련되면 내일 일찌감치 서울로 뜨자. 식구가 단출하고 챙길 세간이 많지 않으니 그나마 다행이다.

땅이야 누가 파가는 것도 아니고, 서울 가서 돈만 벌면 손바닥만 한 묵삭은 집은 헐어내고 번듯하게 짓고 서너 마지기 고래 논을 사서 양식 걱정 덜면 더 바랄 게 뭐 있겠나. 보란 듯이 성공하리라. 마을을 뜰 생각으로 눈에 불을 켰다.

남편은 사귐성이 없는 데다 굴러들어온 돌이라고 농토를 못 얻어 뻔뻔이 놀고 있다. 남들은 뫼 밖으로 품앗이 다니는데 빈둥빈둥 놀면서 이십 원만 마련해오라고 범같이 호통을 치고 지게 작대기를 휘두른다.

부모 팔자가 반팔자라는데 잘사는 친정이 있나. 든든한 피붙이가 있나. 뭘 믿고 나 같은 년에게 이십 원씩이나 꿔주겠나? 이십 원이 뉘 집 개 이름도 아니고, 내게 가당키나 한가?

유월이면 보리방아를 찧어주고 얻어온 보리쌀로 겨우 굶기를 면하고, 종다래끼 차고 산비탈을 허우적거리며, 도라지와 더덕 캐고 산나물 뜯어 주막거리에서 좁쌀 두어 되 바꾸어 입에 풀칠한다. 그나마도 눈이 쌓이고 땅이 얼면 굶기는 밥 먹듯 하고 바가지 들고 이 집 저 집 양식 꾸러 다니니 비렁뱅이나 다름없는 살림이다.

이십 원을 마련하라는 남편의 매질을 피해 쇠돌 어멈을 찾아가는 길이다. 사나운 구름이 하늘을 휘덮고 땅으로 내리더니 빗방울이 차차 굵어져 양동이로 퍼붓는 듯하다.

나는 살겠다고 기를 쓰고 보리방아 찧는 품 팔러 다니고, 나물 뜨러 산비탈을 헤매도 귀염은커녕 개돼지같이 무시로 매만 맞는 천덕꾸러기인데 쇠돌 어멈은 무슨 복을 타고났는지 안팎으로 귀염받으며 간들댄다.

"여자 팔자는 뒤웅박 팔자라 했어. 얼굴 반반하겠다. 품 안에 자식 없겠다. 젊디젊은 게 굶기를 밥 먹듯 하고 매까지 맞으며 왜 살아."

"대처에 가서 종살이해도 밥은 굶지 않겠다."

속을 긁어대는 쇠돌 어멈 말이 귓가를 맴돈다. 소낙비만 아니었다면 쇠돌 어멈이 돌아와 집에 있을 시간이요. 이 주사 어른도 쇠돌 어멈 없는 집을 혼자 지키고 있지 않았을 테니, 이것은 필시 하늘이 날 불쌍히 여겨 소낙비를 내려주셨나 보다. 하늘이 내린 기회를 잡지 못하고 지나간 다음에 그때 그 일이 노다지였을지도 모른다고 후회해야 소용없지 않은가!

"새댁, 나는 속곳이 세 개고, 버선이 네 벌, 이구먼."

"바보니까 맞고만 살지."

"맞아 죽는 것보다 민적을 가르는 게 나아."

내가 쇠돌 어멈보다 못한 게 뭐가 있어. 젊어도 한참 더 젊고 인물도 제 년 보다 낫다. 초례청 앞에서 머리 올린 사인데 남편에게 매 안 맞고 의좋게 살수만 있다면 어떤 일이든 사양치 않으리라. 아니! 매를 맞지 않으려면 꼭 이십 원을 마련해야만 한다. 복 받으려면 반드시 고생이 따른다는데 이십 원을 주고도 남편에게 부쳐 먹을 농토까지 준다고 하지 않나.

시골 물정에 능통한 남편이 난데없이 이원이 어디서 났나 추궁하면? 쇠돌 어멈한테 꾸었다 할까? 보아둔 산삼이 있었는데, 쇠돌 어멈이 이주사 댁에 팔아주었다 둘러대야 하나. 이십 원이 남편 소원이니, 손에 이십 원만 들려주면 군소리 안 할 것 같기도 하다.

친정이라고 비빌 언덕이 못 되니, 지체가 높거나, 넉넉한 집으로 시집가긴 글렀고 젊었으니 둘이 벌면 끼니 걱정은 면하겠지 하였다. 인연이 닿아 살 비비고 살지만 저나 내나 불쌍한 인생 아닌가! 끼니 걱정에 갈아입을 변변한 옷 한 벌 못 해주는 주제에 작대기를 들이대면 이번엔 이것저것 생각할 것 없이 민적을 가르고 말리라. 내 나이 한참이니 비록 첩실이라 해도 아들을 낳기만 하면 먹을 걱정은 면하고 아담한 집 한 채는 돌아올 게 아닌가.

고스톱은 엄밀히 과학적인 게임이다. 운(運) 칠에 기(技)가 삼이라지만 그것은 초보자들에게 해당하는 말이고 어느 정도 수준에 오르면 눈치 빠르고 머리 잘 돌아가는 놈이 이기는 것이다.

춘호는 머리가 잘 돌고 손재간도 좋아 노름판에서 백 원을 거머쥔 적도 있었다. 뒷간에 간다고 일어서려는데 손을 털었으면 모를까 사내 녀석이 쩨쩨하게 좀 땄다고 일어서냐며 바짓가랑이를 붙잡는 통에 주저앉았다.

패가 잘 들어오는 날은 두 번 다시 오지 않으니 두 판만 더하자고 꼬드기는 통에 미적거린 게 사단을 불러왔다. 무엇이 홀렸는지 광(光)을 손아귀에 쥐고도 뒷손이 맞지 않고, 수중의 돈이 살금살금 빠져나가더니 차용증에 손도장까지 꾹 찍어야 했다.

횡재수가 살짝살짝 비켜 가는 바람에 겨울 양식을 퍼내고 집문서까지 넘겼다. 다시 노름판을 기웃거리면 성을 갈고, 화투장을 만지면 도끼로 손모가지를 잘라버리겠다고 다짐을 하며 고향을 등졌다.

어린 아내 손을 잡고 야반도주해 이산 저산 살기 좋은 곳을 찾아 표랑한 지 삼 년이 지나지 않는다. 일이 손에 익지 않으니 품도 팔기 힘들고, 타동에서 왔다고 부쳐 먹을 농토도 못 얻었으니 굶기는 밥 먹듯 해 엉뚱한 투기심에 몸이 달떴다.

여기서 더 잃을 것도 없지 않은가! 뒷산 깊숙한 곳에서 밤마다 큰 노름판이 벌어지는 기미가 있지만, 밑천이 있어야 발을 들여놓던가 근처라도 가볼 텐데. 조바심이 일어 입맛이 쓰고 잠이 안 와 애꿎은 아내만 들볶는다.

이십 원이 여러 사람을 구했다. '사흘 굶으면 남의 집 담도 넘는다'는데, 도둑질이 아니요. 노름판에서 딴 놈 없다고 하지만

다 들어맞으란 법도 없지 않은가. 횡재수가 있으니 수중에 이십 원이 들어오지 않았나. 횡재수 들었을 때 크게 판을 흔들고 서울로 뜨자.

춘호는 오늘 일진을 보려고 이불장에서 담요를 꺼내놓고 단정히 앉아 화투장을 펼치니 몇 번 만에 똥 광이 척 달라붙었다. 단 벌뿐인 외출복으로 갈아입고 침을 탁 배타 구두를 반짝반짝하게 광을 낸 후,

"여보, 오늘은 좀 늦겠네."

'루~루, 랄~ 라' 휘파람을 불며 단숨에 고개를 넘어 크게 숨을 몰아쉰 후 웅성거리는 방문을 열어젖혔다. 아무도 거들떠보지 않는다. 화투짝을 쳐대는 소리와 냄새를 맡으니 이번에 틀림없이 한밑천 잡을 수 있을 것 같은 느낌이 몸 구석구석에서 스멀스멀 기어 나온다. 배가 고프거나 목마름을 참고 있을 때, 잘 차린 상 앞에 앉은 것처럼 군침이 돌고 몸이 후끈 달아올라 어금니를 앙다물고 입술을 깨문다. '큼, 큼' 기침을 하며 슬쩍 끼어들어 돌아가는 판을 읽고 있는데,

"춘호, 자네가 낄 자리가 못돼. 오늘은 판이 제법 크거든."
"돈만 있으면 되는 것 아닌가? 나한테도 한 몫 돌리시게."

눈이 돌고, 화투장이 돌고, 막걸릿잔이 돈다. 너구리 굴속에서

'후루룩' 막국수가 넘어가고 닭 삶는 냄새가 골을 덮는다.

노름이란 것이 초저녁 끗발은 개 끗발이고 새벽에 끗발 오르는 놈이 이긴다. 끗발 좋게 척척 붙어 한시름 놓나 싶었는데, 여우의 조화인지 금방 흑싸리 껍질이 새끼를 쳐 나가고, 청단 홍단이 옆으로 샌다. 오늘따라 피박이나 면하려고 껍데기 열 장 모으기가 지붕에 이엉 올리는 일보다 더 힘들다. 번번이 새 한 마리가 날아가는 바람에 고도리도 날아가고, 쓰리 고에 피박까지. 순간 눈앞이 캄캄하다. '금방 망하려면 도박을 하고 천천히 망하려면 소송을 하라' 하는 옛말이 하나도 그르지 않다. 저놈의 달구새끼는 왜 벌써 회를 치는지! 귀신에 홀린 줄도 모르고 밤새 빨아댄 담배 진에 혀를 베었다.

이십 원을 주머니에 넣고 달떠서 나간 남편이 날이 새도록 돌아오지 않는 것을 보니 필시 산 너머 투전판에 발을 들여놓은 것 같다. 머리가 잘 돌고 재간이 좋아 판돈을 죄다 긁어모은 적이 있지만 끝내는 야반도주 하지 않았던가. 원래는 자상하고 정 많은 사람이었다. 없다고 업신여기니 사람이 변했다. 굶기는 밥 먹듯 하는데, 제 속인들 편했겠나.

이태 전에 첫아이를 유산했을 때는 싫은 내색 한번 안 하고 밥 짓고 빨래하던 사람이다. 가마솥 가득 물을 길어 채워주고 군불을 때 주던 사람, 나무를 팔았으면 양식으로 바꿔 올 일이지 인절미는 왜 사 왔나 눈을 흘기니, "당신 주려고 사 온 게 아니라 배 속 아이가 먹고 싶은 것 못 먹으면 짝짝이 눈이 된다니 사 왔지." 능치고 내일은 더 일찍 나무하러 가야겠다며 낫을 갈고 지게를 손보던 사람이다.

가난한 사람들은 쉬지 않고 일해야 겨우 먹고 살 수 있고, 끊임없이 멸시받고, 많은 걸 포기해야 하니 불만이 쌓일 수밖에 없다. 넘실대는 황금 들판도 흥겨운 탈곡기 돌아가는 소리도 내게는 그림의 떡이다. 저 나 나나 복 없으니 의지할 핏줄 하나 없고, 등에 땀이 줄줄 흐르도록 힘써보지 못했다. 마음속에 근심이 들어앉아 있으니 하늘과 땅이 맞붙어 맷돌질이라도 해야 답답한 마음이 조금이나마 위안이 될 것 같다.

가진 것이 없으니 부부간에 애틋한 정을 모르고 나날이 매질을 하고 불평과 원한으로 복대기며 산다. 아내가 없었다면 홀로 이 날 이때까지 어떻게 살았을까. 명색이 남편이면서 배부르게 먹이지 못한 죄, 무릎이 나오고 종아리가 훤하도록 변변한 옷 한 벌 못해 입히고 고생만 시킨 죄가 너무 크다.

'쥐구멍에도 볕 들 날 있는 법.' 내일은 새벽에 일어나 나뭇짐을 쪄다 팔아서 다가오는 아내 생일에는 미역국이라도 끓여 주어야겠다.

느슨해진 허리끈을 풀어 설명한 바지 끈을 추스르며 기지개를 켠다. 아침햇살에 서릿발이 반짝인다.

형

대문을 들어서던 형이 동생들을 노려보며

"나는 이 집의 장남이다. 같이 살기 싫은 사람은 나가도 좋다."

아버지 삼우제를 끝내자마자 따로 살던 형과 형수가 들어서며 하는 첫마디다. 잠시 후 인력거에서 내린 형수님이 온 집안에 분 냄새를 풍기며 들어섰다. 풀어헤친 구불구불한 머리가 어깨를 덮고, 뾰족한 구두에 귀걸이와 팔찌가 번쩍번쩍 눈이 부시다. 시누가 둘이나 있으나 아는 체도 않고 안방으로 쑥 들어서며

"옥희야, 마실 것 좀 가져와라, 목이 타는구나." 눈치를 보는 식구들을 외면한 채,

"서방님, 눈앞에 보이는 땅이 다 우리 거라며. 지금부터라도 지주답게 살아요?"

"방안의 세간은 사람의 품격을 말해주는데, 이래서야 어디 당신 친구와 내 친구를 초대할 수 있겠어요?"

"케케묵은 이 구닥다리 장롱은 부숴서 아궁이에 넣고, 자개장과 문갑, 반닫이로 구색을 갖춰요."

옷이 날개라더니 형님은 비단옷에 금침을 덮으니 언제 거지꼴을 했나 싶게 신수가 훤해졌다. 더구나 형수님 배가 불러오니 부러울 게 뭐 있겠나! 거칠 것 없이 권력을 휘두르는데도 집안이 구순하다.

'제가 모은 돈은 저 못쓴다' 하는 말이 있다. 돈 괘가 맥없이 열릴 때마다 가구가 들어오고, 보료가 깔리는가 하면, 재단사가 다녀가고, 지글지글 고기 굽는 냄새는 마을을 덮는다. 아버지가 계셨다면 언감생심 구운 고기는 엄두도 못 내던 일이다. 식구들이 고기 맛에 정신이 팔려 웃음이 넘친다.

아버지가 평생 애지중지하시던 낡은 돈 괘는 도끼에 맞아 불길 속으로 사라지고 자개장은 문짝마다 오색실로 엮은 매듭에 열쇠가 달려있어 잠그면 아무도 열어 볼 수 없다.

'돈만 있으면 귀신도 부린다' 더니 돈이 무섭긴 무섭다. 여동생들도 돈 괘가 화수분이 아닌 다음에야 거덜 날 것이 빤하니 올케의 비위를 맞춰 호박단 옷을 얻어 입고 희희낙락 안방을 풀 방구리 드나들 듯 드나든다. 입덧을 핑계로 찾는 것이 많으니 옥희는 종종걸음을 친다.

"나도 생각 있어."

여기 있으면 늙어 꼬부랑 할머니가 될 때까지 시집도 안 보내
주고 일만 시켜 먹을지도 몰라. 조밥 대신 이밥을 먹고 가끔 고
깃국을 먹으니 좋기는 하다만 이렇게 늙을 수야 없지. 옥희는 시
장에 갈 때마다 조금씩 떼어 딴 주머니를 찬다.

돌아가신 아버지를 원망해도 소용이 없다. 아버지가 계실 때는
믿는 구석이라도 있었는데 이제는 형님이 이 집안의 왕이다. 아
버지 생전에도 나는 이 집의 장남이다. 큰소리치며 "감히 나를 업
신여겨" 아버지 보란 듯이 툭하면 동생들에게 지게 작대기를 휘
두르고 머리끄덩이를 잡고 발길질을 했으니, 아버지가 안 계신
이 마당에 누가 감히 맞서겠는가! 부모 대신 결혼을 시켜줄 사람
도 형님이요. 땅 한자리 떼어 살림을 내줄 사람도 형님이다. 내쫓
기지 않으려면 형의 눈치를 볼 수밖에 없으니 내 처지는 끈 떨어
진 연이다.

"아버지, '자식을 박대하면 노후에 설움 받는다' 하는 충고를
왜 안 들으셨어요?"
"형님도 한때는 아버지 병간호를 지극정성으로 하며 농토를
잘 건사해 효자 소리를 들었잖아요."

"말보다 앞서 벼루와 목침, 단소까지 손에 닿는 것마다 형님한 테 던지고 바깥출입 못 하게 의관과 신발을 사랑방 다락에 감추고 문을 잠갔으니 형님인들 좀 야속했겠어요."

"툭하면 호적을 파 버리겠다. 으름장을 놓으셨지만, 핏줄을 어떻게 끊을 수 있겠어요."

"미워도 제삿밥 떠 놓을 장남인데 생활비 주시고 집안 좋은 처녀와 살림 차렸을 때, 도끼날같이 무섭게만 굴지 않으셨어도, 아니, 대청마루에 앉아 부엌칼을 던지지 않으셨다면 형님도 어긋나는 짓은 안 했을 거예요."

"내리사랑이라는 데 부모와 자식 간에 계산이 어디 있어요.""아버지, 형님 성격 잘 아시면서 살아 계실 때 병구완 하는 육촌형에게 땅 한자리 떼어주시지. 살기 어려운 육촌형님은 눈칫밥 먹다가 빈손으로 나갔으니 가슴에 쌓인 게 좀 많겠어요."

"약 한 첩 쓰기를 주저하며 모은 돈을 형님이 풍풍 쓰는데 왜 보고만 계세요."

"막내라고 귀애하시지만 말고 살아생전에 이건 막내 거다. 고래 논 서너 마지기라도 떼어 놓으셨어야지요."

상식 상을 앞에 놓고 아버지를 생각하니 눈물이 빗처럼 얼굴을 타고 흘러내린다. 열다섯 살에 시집와 시어머니가 안 계신 안채 살림하느라 고생만 하다가 쫓겨난 형수 생각이 나서 더 서럽다.

탈상하는 날은 동네잔치가 벌어졌다. 숨이 끊어질 때까지 적선

한 적 없고, 조밥만 넘기고 막걸리 한잔 나눌 줄 모르고 세상을
살았으니 울어줄 친구가 있나. 노랭이라고 곁을 안 주던 사람들
이 죽은 사람은 안중에도 없이 게걸스레 덤비니 음식 접시가 비
어 나간다.

"주인이 바뀌니 집에서 윤기가 도는걸."
"아비는 뚝뚝한 성격에 자린고비였는 데, 아비를 닮지 않았
어."
"손이 큰 것을 보니 장손이라 다르군!"

칭찬이 늘어졌다. 술에 취한 사람들은 형님의 비위를 맞추기에
급급하다.
'노는 돈에는 난봉 나기 첩경 쉬운 일이다' 는 말이 있지만, 탈
상한 다음부터 형님의 눈빛이 달라졌다. 새벽이슬을 맞으며 논을
한 바퀴 돌아온 후 물이 새지 않게, 가래질해라, 피살이를 해라.
퇴비장을 만들고 논둑에 있는 풀을 베어 퇴비를 만들어라, 일꾼
들이 쉬는 꼴을 못 보고 닦달을 한다.
옥희가 시장을 갈 때면 아내에게 지갑을 들려 보냈고, 딸이라
고 잔뜩 안고 들어오면 지청구를 들어야 한다. 콩나물 한 줌의
값까지 확인했고, 매일매일 필요한 양만큼 사라는 잔소리를 입에
달고 다녔지만, 사람 구실 하는 돈은 적당히 쓸 줄도 알아 구두
쇠라는 원망은 듣지 않는다. 어려서부터 아버지께 돈 버는 법과
절약하는 법만 보고 자랐으니 금고는 금방 채워졌다.

부모가 안 계시니 집이라도 있어야 장가를 들 수 있다며 동생이 장가가 살만한 집을 번듯하게 짓고, 농토도 동생 몫으로 뚝 떼어주며, 올해부터는 네가 농사를 짓고 소출은 스스로 관리하라 하였다. 그곳 소출을 따로 보관했다가 장리를 놓으니 재산이 불어나 늦도록 일에 매달려도 신이 날 수밖에.

지체에 딸린 식구가 있나, 살만한 집도 있고, 농토까지 있으니, 집안 좋고 인물 좋다는 혼처 자리가 여기저기서 들어온다. 옛말에 '이불 한 채 못 해오고 허리춤에 참빗 하나 넣고 와도 아들딸 낳고 살림 늘리며 잘사는 사람이 있는가 하면, 혼수를 바리바리 싣고 고대광실에 들어왔어도 늙어 끼니 걱정하는 사람이 있다.' 인물 좋다고 마음이 넓은 것이 아니요. 잘살고 못사는 것은 저마다 타고난 복이니 사람 하나만 보아라.

집안 살림이 넉넉지 않아도 어른이 계셔 예절을 익히고 여러 형제가 보듬으며 사는 집을 찾아 매파를 보내 혼인이 성사되었다.

"아버지, 막내도 어른이 됐고, 장손이 태어났으니 이제는 웃으셔요."

"유독 저한테만 모진 말씀을 하시고, 하는 일마다 타박을 하셨지만 미워서가 아니란 걸 알아요."

"막내를 귀애하셔서 심통을 부리기도 했지만, 저도 자식을 얻고 보니 아버지 깊은 뜻을 짐작합니다."

"아버지가 이밥 한번 못 드시고 약한 첩 써보길 주저하며 일궈놓은 많은 재산을 믿고 축첩에 빠지거나 노름판을 기웃거릴까 봐 노심초사하셨지요?"

"저승 가시기 전 마지막 양식이 조밥이었다는 생각만으로도 가슴이 미어집니다."

"부모님 제사상만큼은 산해진미로 가득 채울 테니 기꺼이 흠하십시오."

별첨 : 유정 들여다보기

삽화 : 장희자

조선의 집시

　지주댁 사랑에서 청하면 술병을 들고 찾아다니는 사람이 들병이다. 김유정은 들병이를 조선의 집시라 했다.

　한 해 동안 땀 흘려 농사를 지었건만 수확물은 지주와 빚쟁이가 걷어가 농토 없는 백성은 겨울나기가 힘들다. 결국, 밑천 없이 밥을 굶지 않으려 들병이가 되는 것이다. 농사철이야 허리 펼 새 없지만, 밤이 길어지는 때부터 술집에 모여 투전판을 벌이고 잡담을 하며 시간을 보낸다. 이때 들병이들도 영업을 개시한다. 아리랑부터 양산도, 방아타령, 신고산타령에 희망가까지 아내에게 노래를 가르쳐 산골이고 버덩이라도 밥이 있는 곳을 찾아 유랑한다.

　가난한 농촌 총각들은 장가가기 힘들 뿐만 아니라 가족을 부양하기도 힘들다. 적은 돈 들여 향락을 맛볼 기회니, 술집에 들병이가 왔다는 소문이 돌면 젊은 측들이 모여든다. 소리를 해보라며 수작을 걸거나 밤의 밀어를 약속하는 놈까지, 활기를 띤다.

자연재해나 전쟁, 권력층의 폭정으로 나라가 어지러우면 종교가 많아지고, 굶어 죽지 않으려 스스로 밥을 찾아 떠도는 난민이 늘어나는 것이 역사에 변함없는 진리다. 6.25 전쟁 후 미군이 주둔하자 기지촌에는 앳된 여자들, 주먹세계, 술집과 카바레, 미군 물건을 몰래 파는 장물아비까지 불나방같이 모여들었다. 이들은 전쟁이 낳은 집시다.

미군 부대 근처에는 야한 화장과 예사롭지 않은 옷차림, 머리에 노란 물을 들이고 귀를 뚫어 귀걸이를 한 여인들이 그들만의 놀이를 하며 생계를 이어갔다. 미풍양속을 해친다는 이유로 눈살을 찌푸리고 천대하지만, 그들이 지방경제에 미치는 영향이 워낙 크기 때문에 막을 수 없었다. 그들이 번 돈으로 가족이 밥을 먹고 형제들이 공부할 수 있었다.

식생활과 문화가 다르고 언어가 통하지 않는 이민족과 사랑을 나누고 살림을 하려니 얼마나 힘들었겠나! 그들의 아픔을 보듬어 주지 못하고 미군과 사이에 낳은 아이를 아이노코라고 놀리며 따돌림을 주기도 했다.

흑인과 동거하는 여성들을 더 하찮게 여겼으니 그들의 2세는 미국으로 입양을 보낼 수밖에 없었다. 미국으로 따라가 기반을 닦아 가족을 초청하는 사람도 있지만, 대부분은 미군이 떠나면 헌신짝처럼 버려졌다.

잦은 낙태와 유산의 후유증으로 영원히 불구가 되기도 했다. 집안을 일으켜 세우려고 고통과 모욕을 참으며 자신을 희생했지만, 가족은 집안의 수치로 여겨서 멀리했다. 몸 바쳐 형제는 물론 조카까지 먹이고 가르쳤지만, 가족과는 사돈의 팔촌만큼 멀어져 노후에는 외롭게 살거나 스스로 생을 마감하는 일까지 일어났다.

내가 자란 곳은 기지촌이라 학급마다 결손가정이 한두 명씩 있었다. 혼혈아를 키워주며 매달 받는 돈으로 생계를 이어가는 집이 있는가 하면 양색 시라 부르는 그들에게 반찬을 해주거나 빨래를 해주고 돈을 받아 생계를 이어가는 집도 있었다.

한 친구의 엄마는 7년 동안 혼혈아를 키워주었는데 어느 날부터 생활비가 끊기고 연락이 닿지 않았다. 나이가 많으니 해외는 물론 국내에도 입양할 가정이 나타나지 않았다. 학교에 갈 나이가 되자 정도 들었겠지만 다른 길을 찾을 수 없어 호적에 올려 입학을 시켰다. 철이 들어서도 친엄마처럼, 친동기간처럼 따르며 바르게 커서 결혼을 하고 잘살고 있다.

들병이는 아니지만, 집이나 학교를 버리고 떠도는 청소년들이나 노숙자들도 오늘날 집시라는 생각이 든다.

농촌에는 젊은 사람이 떠나고 노인들만 남아 일손이 부족하다. 농사철만 되면 연변이나 동남아에서 관광비자로 입국한 사람들이 메뚜기처럼 농촌에서 한철 품을 팔고 있다. 저만 부지런하면 농촌에서 대우받는다. 그들은 언어가 통하지 않고 기후가 바뀌어 힘들지만, 돈벌이를 위해 외국 생활도 마다하지 않는다. 연변에서 들어온 사람들은 그래도 말이 통해 쉽게 일자리를 얻고 돈을 번 후 나은 일감을 찾아 시내에 둥지를 틀었다.

노숙인들도 제각기 이유가 있겠지만, 농촌에는 일손이 부족해 외국 사람을 쓰는 처지인데 노숙을 하는 것은 근본적으로 사회성이 떨어졌거나 일이 싫은 사람들이다.

나는 공짜에 알레르기 반응을 일으키는 사람이다. 단체에서 끼니를 해결해주고, 국가는 세금을 풀어 노숙인 쉼터를 마련해주고, 영세민에게 많은 혜택이 돌아가니 돈을 벌고 싶겠나? '고기 잡는 법을 가르치라.'라는 말처럼, 그 돈으로 직업교육이나, 정신교육을 하는 것이 더 현명하다고 생각한다.

집시의 형태는 세월 따라 바뀌겠지만 밥을 위해 영혼까지 파는 일이 없기를 바란다.

오월의 산골짝

'김유정의 고향은 춘천 읍에서 한 이십 리가량 산을 끼고 꼬불꼬불 돌아들어 가는 조그마한 마을, 산속 여기저기서 쫄쫄거리며 약수가 내솟는 곳이다' 하였다. '오월쯤이면 갈잎이 쇠지 않고 알맞게 퍼지는데 이때 논의 거름으로 쓰기 위해 갈잎을 꺾는다. 갈잎이 쇨 때면 모내기 시일이 촉박하니 일시에 많은 품을 들여 갈잎을 꺾어야 한다. 일의 능률을 올리기 위해서는 품앗이를 해야 한다.' 하였다.

나의 고향은 김포평야까지 넓은 들이 아스라이 펼쳐져 있는 파주다. 둥그스름하고 밋밋한 산이 있지만, 그나마도 왕릉이 있는 국유림이고, 군사 보호지역이며, 6.25. 때 접전지라 불발탄이 묻혀있어 산에 가서 갈잎을 꺾는 일은 엄두도 못 낸다.

농지정리 작업이 되어 반듯한 논마다 농기계가 다닐 만큼 넓은 길이 있고, 수리시설이 되어 농사철이면 항시 맑은 물이 철철 넘친다. 어름이 풀리면 햇볕을 따라 올챙이들이 까맣게 모여 있고, 해바라기 하는 우렁이를 잡아 된장찌개를 끓였다.

찔레꽃이 피기 시작하면 모내기를 한다. 오뉴월 볕은 반나절도 차이가 난다는 말처럼 하루가 다르게 땅심을 받으니 마을 사람들의 품앗이만으로는 일손이 부족하다. 넓은 논에 모를 내기 위해 모자라는 일손은 전라도 사람을 데려와 쓴다.

모내기 철이면 조장 밑에 남자와 여자가 십여 명씩 조를 짜서 마을에 들어와 빈방을 얻어 짐을 풀고 품팔이를 한다. 일하는 집에서 끼니를 해결하니 짐이야 들고 온 이불 한 채와 옷 몇 벌이 전부다.

주인은 소를 몰고 써레질을 한다. 김유정은 '소모는 노래가 따로 있어 소를 부릴 적마다 노래를 부른다. 하였다. 소들도 세련되어 주인이 부르는 노래를 잘 이해하고 있으며 좌우로 방향을 틀기도 하고 속도를 늘이고 줄이며 순종한다. 먼발치서 소를 몰며 처량히 부르는 노래는 성스러운 음악이다' 하였으나 파주는 논이 평평해서인지 소를 부릴 때 방향 지시 명령은 있어도 노랫소리를 들은 기억이 없다.

일꾼들 밥을 해 먹이는 일도 만만치 않다. 워낙 양이 많기에 여자들이 음식 준비를 해 놓으면 들로 내가고 들여오는 일은 남자들의 몫이다. 지게로 져서 나른다.

모내기 철이면 꽂게 철이기도 하다. 빨갛고 얼얼하게 무친 꽂게와 뱅어구이가 빠지지 않는다. 나물을 넣고 달걀부침 하나 얹은 다음 마가린을 한 숟가락 떼어 넣고 비비면 얼마나 고소하던지. 어느 때는 마가린이 녹아내려 줄줄 흐르기도 했다.

밭이 귀해 메밀은 시집와서 처음 보았고, 옥수수도 여름철 한두 자루 맛보기 힘들며, 감자는 반찬으로 한몫한다. 쌀을 팔아 잡곡을 사야 하니 쌀밥을 먹는 것이 더 경제적이다.

비가 오는 날이면 좀 여유 있는 집에서 그들을 불러 끼니를 해결한다. 그들은 일도 잘하지만, 소리도 잘해 선소리에 맞춰 노랫가락이 술술 넘어가 합창이 되고 흥이 난다. 노래뿐만 아니라 우스갯소리도 잘해 마을의 활력소가 된다. 거의 보름쯤 지나면 마을의 모내기는 끝나고 품삯을 챙긴 그들은 다음 해에 오기로 선약을 하고 떠난다. 전라도 일꾼 중에는 마을 청년을 눈여겨보았다가 중매를 서고, 그들과 인연이 되어 일손을 거들러 오기도 한다.

우리 집 방앗간에서 일하는 청년은 어려서 소한테 발을 밟혀 발등이 부서지는 사고가 있어 걸음이 조금 부자연스럽다. 군대는 면죄되었으나 가난한 집 육 형제 중 만이라 장가를 못 가고 있는데 전라도에서 온 일꾼이 중매를 서 장가갔다.

동네잔치가 벌어졌고 해 질 녘에 전라도에 갔던 신랑과 신부를 태운 택시가 들어섰다. 우리는 서로 밀치며 다홍치마에 녹색 저고리를 입고 얌전히 앉아 있는 새색시 구경을 했다. 어른들은 색시가 신랑보다 나이가 더 들어 보인다고 수군거리기도 했고, 손이 두툼한 것을 보니 잘 살겠다는 덕담을 하기도 했다.

그는 부엌일보다 들일을 더 잘한다는 소문이 나서 모내기 철이면 품삯을 더 주고라도 쓰려고 경쟁을 했다. 군사지역이라 여자들이 나다니거나 들에 나가 일하는 것을 꺼렸지만 억척스럽게 일을 해서 시누와 시동생을 짝맞춰주고 허름한 집을 털어내고 반듯하게 집을 지었다. 농사철이면 친정 식구는 물론 연줄이 닿은 사람들까지 와서 돈을 벌어갔다.

계절의 여왕이라는 오월은 기온이 알맞고 쾌청해서 좋다. 하늘의 열기와 땅의 생기가 부딪치며 다가오는 바람이 달다. 싱싱한 꽃게무침이 먹고 싶고 풋풋한 풀냄새가 그립다.

길

유정이 얼마나 놀랐을까? '한 달포 동안 몹시 앓았을 때 의사
는 요양을 잘한다 해도 돌아오는 가을을 넘기기 어렵겠다. 하였
다.'

의사로부터 사형선고를 받은 환자는 먼저 의사의 말을 믿지
않고 병원을 몇 군데 순회하다가, 내가 왜? 분노를 일으키며 반
항을 한다. 시간이 지나면 병마와 타협하게 된다.

한참 나이에 장가도 못 간 유정은 얼마나 억울했을까? 맘껏
술을 마시고 주야로 원고와 다투었다. 1935년 '소낙비'로 조선
일보 신춘문예와 '노다지'로 중앙일보 신춘문예에 당선되었다.
신춘문예 한곳에 당선되기도 힘든데 중앙일간지 두 곳에 동시
당선되었으니 천재다.

당선되던 해 '금 따는 콩밭', '금', '떡' 등 10편의 단편과 수

필 3편을 남기며 창작에 전념하느라 병이 더 깊어졌을 것이다.

가을을 넘기기 어렵겠다. 하였는데 계절이 서너 번 바뀌었으니 온순히 병 앞에 머리를 숙인 결과였을 것이다. '헤매던 길을 바로 찾은 것이다. 비로소 나를 위하여 따로 한 길이 옆에 놓여 있음을 알았다. 그 길을 완전히 걷는 날, 그날까지 나의 몸과 생명이 결코 꺾임이 없음을 굳게 믿는다.' 김유정이 병 앞에 머리를 숙이고 그토록 찾아 헤매던 길은 문학의 길이었다. 짧은 기간에 단편과 수필 34편을 남기지 않는가!

사람마다 얼굴의 생김이 다르듯이 몸의 구조가 다르다. 공기 중에는 많은 병원균이 떠다니는데 병균이 침입한다고 모두 병에 걸리는 것은 아니다. 면역이 약해 발병하는 사람이 있는가 하면 병균이 들어와도 끄덕 안 하고 물리치는 사람도 있다.

병을 얻은 후에도 살려고 기를 쓰는 사람은 죽고, 태평하게 주변 정리를 하고 긍정적인 사람은 생존 기간이 길다고 한다.

내가 아는 분은 중풍으로 쓰러지셨다. 어려운 살림에 여러 남매 키워 출가시키고 재산도 어느 정도 모여 남은 생은 홀가분하게 맛있는 것 먹으며 관광 다닐 생각을 했는데 쓰러진 것이었다. '복 없는 사람은 고생만 하다가 살림이 펴 살만하면 죽는다' 하는 말처럼, 백세시대라는데 육십을 조금 넘겼으니 얼마나 억울했을까? 배려심이 많은 사람이었는데 삶에 대한 욕심이 지나쳐서 자신만을 위하라 했다.

보리쌀 한 줌도 아까워 벌벌 떨던 사람이 귀를 사방으로 열고 몸에 좋다는 약과 음식을 찾고 용하다는 의사를 찾아 방방곡곡을 누볐다. 자유롭게 다닐 수 없으니 눈치만 늘어 모든 일을 어림짐작으로 해결하려 하였으니 곁에 있는 사람이 얼마나 힘들었을까?

나의 분노는 내가 감당해야지 남에게 넘길 일이 아니다. 날이 갈수록 잔소리가 늘어나 간호하는 남편과 자식은 말라가는데 몸에 좋다는 것은 혼자 다 먹고 활동량이 적으니 비대해졌다. 주위 사람들은 걱정이 되어 몸이 좋아졌다고 에둘러 말할 때마다 살이 찐 것이 아니라 부은 것이라고 우겼다.

뇌의 기능은 상실했어도 소화 기능은 좋으니 생명에 지장이 없었다. 잘 먹고 살이 찌니 혈색이 좋아지고 주름살도 펴졌다. 몇 년 후 간호하던 남편은 스트레스가 쌓였기 때문인지 폐암으로 먼저 돌아가셨다. 남편의 부재는 하루아침에 끈 떨어진 연이 되었다.

자신의 길을 찾지 못하고 오직 생명 연장에만 집착한 결과다. 한번 죽은 뇌세포는 재생 불가능하다. 왼손이 불편해도 온전한 오른손이 있고, 보행이 불편하기는 해도 화장실 출입을 할 수 있고, 오랫동안 병원을 드나들어도 경제적인 어려움이 없고, 고마운 일이 얼마나 많나!

예전의 어른들은 남을 탓하기 전에 '그만한 게 다행이다.' 하며 불행 중에도 긍정적으로 받아들였다.

유정은 '올가을을 넘기기 힘들다' 하는 의사의 진료소견에도 불구하고 문학에서 길을 찾아 전념한 결과 두 해를 더 창작에 몰두해 주옥같은 작품을 남겼다.

길이 많다는 것은 곧 선택이 여지가 많다는 것이다. 모든 사람은 각자의 길이 있다. 오래 사는 것이 능사가 아니다. 젊어서부터 노후를 준비하고 나이 들어 취미 생활을 하면서 각자의 길에 만족하는 삶을 살면 아웅다웅 다툴 일 없는 복된 삶이다.

나와 귀뚜라미

　시원한 해변이 그리운 계절에 유정은 폐결핵으로 착박한 방구석에서 빈대에 뜯기며 땀을 쏟고 있었으니 얼마나 답답했을까?

　'야심한 밤에 홀로 일어나 쿨룩거릴 때면, 차라리… 하고 딱한 생각도 해 본다.' 노인들의 죽고 싶다는 말이 거짓말이듯 죽고 싶은 사람이 어디 있겠는가! 유정이 얼마나 병고에 시달렸으면 그런 생각을 했을까?

　'살고 싶지도 않지만 그렇다고 죽고 싶지도 않은 것이 나의 오늘이다. 무조건 가을이 되기만 기다린다. 귀뚜라미가 노래를 읊을 때 낙엽이 온온(穩穩)해지고 고적한 순간을 가져온다. 낯익은 처녀와 신묘한 음률을 같이 들을 수 있다면 얼마나 행복할까?'

　가을이면 코스모스 하늘거리는 거리를 걷고 싶고, 문득 어디론가 떠나고 싶은 마음이 한 번쯤은 드는데, 감성이 풍부한 젊은 문인

유정이야 말해 뭐하겠는가.

유정이 20대 초반 박녹주에게 매일 연서를 쓰고 그녀의 공연을 보러 가고, 그녀의 동생을 통해 양단 저고리를 선물로 보내고 열렬히 구애했지만 뜻을 이루지 못했다. 미모에 반한 것이 아니라 그의 창에 빠져들 만큼 예술을 사랑하고, 귀뚜라미 소리에 아늑한 고향이 그리웠고, 연상의 여인 녹주의 모습에서 따뜻한 어머니의 품이 그리웠는지 모른다.

귀뚜라미는 가을의 전령사다. 처서에는 모기가 들어가고 귀뚜라미가 나온다는 절기지만 요즘 귀뚜라미는 처서가 되기 전에 울기 시작한다. 한낮에는 머리가 벗어질 만큼 뜨거워도 귀뚜라미 소리에 가을이 왔음을 먼저 느낀다.

"돌 돌 돌."
"나 여기 있어요."

간절한 수컷의 세레나데다. 귀뚜라미는 어두운 구석을 좋아하는지 귀뚜라미가 우는 곳에 숨을 죽이고 다가가면 구석에 숨어 있다. 진한 갈색으로 등이 납작하고 윤이 난다. 잡으려고 하니 톡톡 뛰다가 호르르 날아갔다. 어떻게 그 작은 몸에서 쉼 없이 청아한 소리가 뿜어져 나와 집안을 가득 채우는지!

귀뚜라미 세계도 얌체 귀뚜라미가 있다고 한다. 암컷을 찾아 밤새도록 우는 귀뚜라미 곁에 살짝 숨어 있다가 암컷이 다가오면 목소리의 주인공인 양 가만가만 다가가 가로채서 얼른 짝짓기 하는 놈이 있다니, 곤충의 세계라고 다르겠는가! 자손을 퍼트리기 위해서 나쁜 쪽으로 진화하였나 보다.

　중국 여행을 갔을 때, 북경의 남문 야시장 구경을 갔다. 포장마차가 끝없이 늘어선 좌판에는 고소한 향을 풍기며 여러 종류의 튀김 요리가 만들어지고 있었다. 닭튀김과 도넛, 꽈배기는 기본이고 개구리와 손가락만큼 큼직한 애벌레, 바퀴벌레, 튀긴 귀뚜라미도 있어 놀랐다.

　파충류를 애완용으로 기르는 인구가 늘어나자 그들의 먹이로 귀뚜라미를 사육하고 있지만, 단백질이 풍부해 미래는 식용으로 유용하게 쓸 것이라 한다.

　귀뚜라미의 노래는 고향의 한 자락이다. 일본 규슈 후쿠오카 형무소에서 생체실험으로 생을 마감한 윤동주는 자신의 독방을 찾아 울어준 귀뚜라미 한 마리에 감사하다고 하였다.

　소리는 풍류를 상징하기도 한다. 옛 선비들은 귀양을 갈 때 고향의 귀뚜라미를 가지고 가서 창가에 걸어두고 고향 소리를 들었다. 귀뚜라미 소리에 시름을 달래면서 가족의 안위를 기도했는지 모르겠다.

　지나친 투병 의지는 치료 결과에 일희일비를 낳아 지속적인 투병에 방해가 된다는 이야기가 있다. 유정은 여름 내내 병든 몸으로 외출을 못 하고 밤을 낮 삼아 글을 쓰며 보내야 했다. 더위도 더위지만 빈대에 물린 자리에 땀이 고이면 잘 아물지 않았을 텐데 얼마나 고역이었을까? 계속해서 부채질하는 것도 쉬운 일은 아니다. 더구나 지금처럼 목욕시설이 보편화된 것도 아니니 땀에 절어 끈적거릴 때마다 가을이 더 기다려졌을 것이다.

'귀뚜라미가 우는 가을부터 부쩍 기침이 더해서 깊이 잠들지 못하고 뒤척이다 자정쯤 일어나 베개를 가슴에 꿰고 글을 썼다. 모두 잠들고 나만의 시간이라 글이 잘 풀린다. 하였다.' 어쩌면 귀뚜라미가 멋진 노래로 격려를 해주고 있어 글이 더 잘 풀렸는지도 모르겠다.

서늘한 밤공기 속에 묻어오는 풀벌레의 싱그러운 노래가 파르스름한 달빛과 어우러져 내 마음이 고요하다. 유정을 생각하며 귀뚜라미 노래를 홀로 근청(謹聽)을 하며 밤을 맞는다.

밤이 조금만 짧았으면

　유정은 이렇게 굴신 못 하고 누워있는 것이 나흘 째라 하였다.
　'날이 밝는다고 뾰족한 수가 있는 것도 아니다. 딱한 처지니 조그만 위안이라도 될까 싶어 어떻게 시간을 보낼까 궁리를 한다. 한 권의 성서보다 친구가 보내준 몇 줄의 글발이 지극히 은혜로워 거칠어 가는 나의 감정을 매만져 주는 것이다.'
　'2시 5분, 옆으로 돌아누우려 해도 상처가 들리지 않고 하복부는 예리한 칼날이 저미는 것 같은 아픔으로 이를 꽉 깨물었다. 발치에 걸린 시계는 점점 크게 고막을 두드릴 뿐 눈뿌리만 쿡쿡 쑤신다.'
　'가을밤은 왜 이리 안 밝는가! 우울할 때, 슬플 때, 아플 때, 잠이 들면 잠시 잊을 수 있는데 더딘 시간이 너무 원망스럽다. 밤만 되면 모든 병이 머리를 들기 시작한다.' 온몸의 근육들이 소리

없이 흐물흐물 녹아내리고 있는 듯하다.

유정은 중병으로 외출 못 하고 꿀잠을 잘 수 없었다. 전신이 무거워 일의 능률이 오르지 않고, 기억력이 떨어지고, 모래알을 씹은 듯이 입안이 까칠하고, 거기에 통증까지 견뎌야 한다면 삶이 질이 떨어지는 것은 뻔한 일이다.

현대인들은 수면장애의 고통을 겪는 사람이 많다. 나이가 들면 잠이 줄어든다고 하지만 밤을 하얗게 밝힌 뒤 아침을 맞는 고통을 겪어보지 않은 사람은 모른다.

수면 유도 방법이 경험에 의한 것도 있지만 의학적으로도 많이 알려져 있다. '잠자기 전 따뜻한 물로 샤워를 해라. 배가 고플 때는 따뜻한 우유를 마셔라. 머리맡에 양파를 놓는다. 카페인 섭취를 피한다. 취침과 기상 시간을 규칙적으로 지킨다. 주위를 어둡게 한다. 잠자기 전에 공포영화를 피한다. 자려고 애쓰지 말라.' 수면의 시간보다는 잠의 질이 더 중요하단다.

어렸을 때, 마루에는 태엽을 감아주는 커다란 벽시계가 걸려있었다. 종이 치기 직전은 마치 심호흡을 하듯 "씨~엑" 뱉어내던 태엽의 신음에 긴장되었다. 시간이 차츰 늦어져 라디오에서 울리는 시보에 맞춰 바늘을 밀어 시간을 맞추고, 중앙을 향해 오른쪽과 왼쪽으로 돌리며 양쪽 태엽을 감아주었다. 어머니는 깜깜해도 괘종시계가 알려주는 소리에 일어나 밥을 짓고 도시락을 챙기셨다. 알람 설정 기능이 없어도 아버지가 서울에 가시는 날은 첫차 시간에 맞게 일어나 밥을 지으셨다. 괘종시계가 크게 울렸지만, 그 소리는 어머니의 귀에만 들렸는지 아무도 신경 쓰지 않고 잠을 잤다.

　우리 집에는 집들이 기념으로 직원들이 들고 온 아이 키만 한 시계가 있다. 크기도 문제지만 시계추의 작동 소리에 신경이 거슬리는 것을 보면 생활의 변화가 실감 났다. 땡~ 땡~ 열두 번 칠 때는 인내의 한계를 느껴야 해서 추를 떼어 놓았다.
　추가 없어도 시곗바늘은 시간 맞게 똑딱거리며 잘 돌아가고 있다. 망가지면 버릴 구실이 되는데 40년이 지나도 제 임무를 잘하고 있으니 버리지 못해 벽에 매달려 있다. 크기에 비례해 소리도 크지만, 생활 일부로 정착하니 감각이 무뎌졌나 보다.

　며칠 전의 일이다. 늘 11시 면 잠자리에 들어 아침까지 내쳐 잠들거나 한 번쯤 화장실을 다녀와도 쉽게 잠들었는데, 그날은 두 시쯤 깨어 화장실을 다녀온 후 잠이 오지 않았다. 이리저리 뒤척이기를 여러 번 해도 자세가 편하지 않았고 허리까지 아팠다. 잠을 청하려 애를 쓰는데 벽에 걸린 시계 소리마저 신경을 거스르는 것이다. 초침 가는 소리가 유난히 크게 들려 신경이 곤두섰다. 호흡마저 초침 소리에 맞춰지는지 빨라지는 것 같아 아예 건전지를 빼버렸다.

　꿀잠 들지 못한 사람들은 지긋지긋한 시간의 무게를 알리라.

마른 생선처럼 엮어있는 생각의 두릅에서 벗어나고 싶다. 아침에 일어나자마자 건전지를 끼우고 시간을 맞춰놓았다. 신체 리듬 때문인지 제시간에 눈이 떠졌지만, 몸이 천근같이 무겁다.

무엇보다도 건강에는 잠이 최고다. 하루 이틀도 아니고, 밤만 되면 모든 병이 머리를 들기 시작해 눈이 쿡쿡 쑤시고, 하복부는 예리한 칼날로 저미는 것 같아 날밤을 새우는 유정은 얼마나 힘들었을까? 밤이 조금만 짧았으면 하는 유정의 심정이 이해되는 날이다.

병상영춘기病床迎春記

유정이 봄을 기다리는 마음이 고스란히 들어있다.

'여섯 달 동안 문밖출입을 못 하니 야윌 대로 야위어 닿는 곳마다 전신이 쑤시고 아프다. 무엇보다도 건강에는 잠을 자야 하는데 무거운 병마 그놈이 잠을 방해한다. 밤새도록 멀거니 앉아 새고 난 몸이라 늘척지근 한 것이 마치 난타를 당한 몸 같다.'

'눈이 내린다고 마음에 별반 소득이 있는 것도 아니나, 눈이 내리는 것을 바라보는 것이 유일한 기쁨이다. 넉넉지 못한 조카한테 폐를 끼치고 있는 신세다. 그 앞에서 온순해야 하고, 감사해야 하지만 주위에 염증을 느껴 이불을 뒤집어쓰고 은신한다. 삼복더위에 녹아 붙은 엿가락 같기도 하고, 양춘(陽春)에 풀리는

잔설 같기도 하다.'

유정이 병원에 입원했을 당시의 모습을 그린 내용이다. 육체적인 움직임이 적기도 하지만 병원 냄새와 소음, 아픔으로 깊이 잠들기 힘드니 병원의 하루는 길고 답답할 수밖에 없다. 병상영춘기(病床迎春記)를 읽는데 유정이 옆에 있는 것 같은 착각마저 든다.

이 년 전에 입원했을 때가 떠오른다. 죽는 것도, 입원하고 수술을 받는 것도 남의 일인 줄만 알았다. 늘 평균 체중을 유지하기 때문에 건강만큼은 자신 있었다. 언제부터인지 꼭 집어 말할 수는 없는데 피곤했다. 가끔 속이 좀 불편해도 견딜만하였기에 미적대다가 아이들의 성화에 건강검진을 받았더니 담석증이란다.
신께서 주신 특별휴가라 생각하고 여행을 떠나듯 책 몇 권과 안경을 챙겨 가방에 넣고 덤덤하게 입원실로 들어섰다. 평소에는 조용하던 휴대폰이 자주 울린다. 여행을 떠나는 중이며 며칠 후에 도착한다는 핑계를 댔다.

같은 병실 안에는 세대와 환경이 다른 고등학생부터 팔십이 넘은 노인까지 비슷한 병으로 입원해 있다. 한 번도 나 자신이 나이가 많다고 생각한 적이 없었는데 바로 옆 고등학생을 보니 생각이 달라졌다. 같은 수술을 받았는데 그 학생의 회복 속도가 배 이상 빠르니, 나이는 단순하게 숫자만 늘어나는 것이 아니었다.

6인실 병실이니 다양한 사람들이 끊임없이 문병을 온다. 자신의 운명을 팔자소관으로 맡기고 주어진 환경에 순응한 노인들의 삶은 옛날이야기처럼 구수하고, 학생들의 거침없는 대화는 해 질 녘 수면 위로 팔딱팔딱 뛰어오르는 물고기같이 생동감이 느껴져서 좋다. 서로에게 이해타산 따지지 않고 스스럼없이 음식을 나누어 먹고 정보를 교환하며 정을 나눈다.

'우한이 도둑이다.' 하더니. 의료보험에 적용되지 않는 수입 약품이나 신약 처방으로 생활에 고통을 받는 사람의 모습도 보았다. 병원에 와서야 돈이 사람을 죽일 수도 살릴 수도 있다는 것을 깨달았다.

진통제를 맞고 있어 아픔은 모르나 잠이 오지 않아 뒤척이는데 살아온 행적들이 주마등처럼 스쳐 간다. 옛날 같았으면 모두 저승에 가 있을 몸인데 세상 잘 만나 링거병을 달고도 부산스럽다. 지옥의 문 앞까지 갔다 왔더니 세상의 모든 때를 씻어 낸 것 같이 순해졌다. 너무 쉬웠던 숨 쉬는 일, 밥 먹고 배설하는 일이 이렇게 고마운 일인 줄 몰랐다.

나 자신에게 묻고 싶다. 최선은 다하지 않고 좋은 결과만 집착하였거나 능력을 과대평가해 남보다 우월하다는 생각에 오만하지는 않는가? 병실에 누워있는 동안 엄청 철이 들었다. 시골집 돌담 위에 펑퍼짐하게 자리 잡은 늙은 호박처럼 살다 보면 담석이 사리로 변하지 않을까? 엉뚱한 생각에 빠져 피식 웃음이 나왔다.

유정은 모든 것이 잠든 시간은 극히 귀중한 나만의 소유다. 자정이 넘어서야 정신을 얻어 책상을 끌어다 놓고 부탁받은 원고를 몇 장 쓰기 위해 펜을 든다 했다.

　유정은 월세 독촉을 받는 형수에게 짐이 된다는 생각으로 편하지 않았을 것이다. 병을 얻으면 본인뿐만 아니라 가족도 고생한다. 자식이 아프면 어머니야 말해 뭐 하겠는가?

　'자신이 낳은 자식이 이토록 못나게 될 줄은 꿈에도 생각지 못하고 편히 잠드신 어머니. 나의 딱한 처지를 모른 채 일찍 세상을 떠나신 어머니가 불행 중 다행이다. 한숨을 쉬는데 기침이 나와 욕을 본다.' 하였다.

　병상에 있는 유정은 날씨가 온화하면 기침이 덜하니 봄을 기다릴 수밖에. 가난한 사람에게는 봄은 희망이다.

소금북 소설선 04

유정과 놀기
ⓒ장희자 손바닥 소설. 2022, printed in seoul, Korea

초판 인쇄 2022년 06월 25일
초판 발행 2022년 07월 05일

지은이 장희자
펴낸이 박옥실
디자인 유재미 정지은

펴낸곳 소금북
출판등록 2015년 03월 23일 제447호
발행처 춘천시 행촌로 11, 109-503 (우-24454)
편집실 서울시 중구 퇴계로50길 43-7 (우-04618)

전자주소 sogeumbook@hanmail.net
구입문의 ☎ (070)7535-5084, 010-9263-5084

ISBN 979-11-91210-08-8 03810

값 13,500원